千吉と双子、修業をする

廣嶋玲子

JN090215

千吉《せんきち》は大好きな兄、弥助《やすけ》を守るための力がほしいと、共に育った半妖《はんよう》の双子《ふたご》と一緒に妖怪奉行所西《にし》の天宮《てんぐう》の奉行、朔《さく》ノ宮《みや》に弟子入りした。ところが仕事は雑用ばかりで一向に術らしい術を教えてくれない。ようやくひとつだけ教えてくれた術もなんの役に立つのかわからぬ始末。楽しそうな双子とは対照的に、千吉の苛立ちはつのるばかり。そんなある日、弥助に子妖を預けた化け獺《かわうそ》が、期日を過ぎても迎えにこない。兄との時間を邪魔されて腹が立った千吉は、双子を巻き込んで化け獺を捜す決心をした。大人気の〈妖怪の子、育てます〉シリーズ第２弾！

登場人物

梅吉《うめきち》
梅妖怪の子

津弓《つゆみ》
月夜公《つくよのぎみ》の甥

天音《あまね》（姉）　銀音《ぎんね》（妹）
久蔵と初音の双子《ふたご》の娘

弥助《やすけ》
妖怪の子預かり屋
の若者

千吉《せんきち》
弥助の養い子

玉雪《たまゆき》
弥助の手伝いをする
兎《うさぎ》の妖怪
初音《はつね》
久蔵の女房《にょうぼう》。
華蛇族《かだぞく》の姫
久蔵《きゅうぞう》
弥助の家主
王蜜《おうみつ》の君《きみ》
妖猫族《ようびょうぞく》の姫

朔《さく》ノ宮《みや》

妖怪奉行所西《にし》の天宮《てんぐう》の奉行。

犬神《いぬがみ》

月夜公《つくよのぎみ》

妖怪奉行所東《ひがし》の地宮《ちぐう》の奉行。

王妖《おうよう》狐族《こぞく》

鼓丸《つづみまる》

朔ノ宮の従者。

犬神

西空《さいくう》の白王《はくおう》
西の天宮の四連の
一員。犬神

北星《ほくせい》の黒蘭《こくらん》
西の天宮の四連《よんれん》の一員。犬神《いぬがみ》

東雲《しののめ》の蒼師《そうし》
西の天宮の四連の
一員。犬神

南風《はえ》の朱禅《しゅぜん》
西の天宮の
四連の一員。
犬神

つお
化《ば》け獺《かわうそ》

ちお
つおの娘

〈その他〉

宗鉄《そうてつ》………妖怪の医者。化けいたち
黒守《くろもり》………井戸の守り手。いもりの化身
毛丸《けまる》………手鞠《てまり》の付喪神《つくもがみ》

妖怪の子、育てます 2

千吉と双子、修業をする

廣 嶋 玲 子

創元推理文庫

DAYS OF RELUCTANT TRAINING

by

Reiko Hiroshima

2022

目次

イラスト　Minoru

妖怪の子、育てます2

千吉《せんきち》と双子《ふたご》、修業をする

千《せん》吉《きち》と双《ふた》子《ご》、修業をする

プロローグ

江戸に、千吉《せんきち》という名の子供がいた。

歳は六つだが、息をのむほど美しい顔立ちをしており、そして確固たる信念を持っていた。その信念とは、たった一人の家族である兄の弥助《やすけ》が、この世の何よりも大切だということだ。弥助に笑いかけられれば極楽、叱られればこの世の終わりというのが、千吉の理《ことわり》だった。

その大切な兄を守るため、力がほしい。

そう望んだ千吉は、共に育ってきた幼なじみの双子《ふたご》、天音《あまね》と銀音《ぎんね》と共に、妖怪奉行にして犬神《いぬがみ》の長《おさ》である朔《さく》ノ宮《みや》に弟子入りすることにしたのである。

だが、どんなに熱心であろうと、力を得るのはそう簡単にはいかないものだ。

そして、千吉も双子達も、まだそのことがわかっていなかった……。

一

いよいよだと、千吉はぎゅっとこぶしを握りしめた。

兄の弥助に関わること以外では、あまり感情の波が起こりにくい千吉だが、今日ばかりは興奮と期待で白い頬が薄紅色に染まっていた。

というのも、ようやく西《にし》の天宮《てんぐう》から文《ふみ》が届いたのだ。そこには「今夜から修業を始める。迎えのものをやるから、待っておれ」と、美しい字でしたためてあった。

千吉は飛びあがって喜んだ。妖怪奉行の朔ノ宮に弟子入りを許されてから、ひと月あまりが経っており、まだかまだかと待ちわびていたのだ。

「これで俺は強くなる！　色々な妖術を習って、弥助にいを守れるようになるんだ！　それに……術が使えるようになったら、弥助にいにもっと楽をさせてあげられるかも。そうだよ。妖怪の子達を預かるのだって、弥助にいが直接面倒見なくたってすむようにできるかも。そうなれば、弥助にいと俺、ずっと二人きりでいられるじゃないか！」

夢は膨《ふく》らむばかりだ。

一方、兄の弥助は興奮気味の弟に苦笑していた。

「まったく。俺が知らないうちに、勝手に朔ノ宮に弟子入りしてたなんてなあ」

「ご、ごめん、弥助にい。秘密にしてたわけじゃないんだよ。ただちょっと……ごめんなさい」

「怒ってるわけじゃないさ」

弥助は千吉の赤っぽい髪をわしわし撫でた。

「やりたいことをがんばるのはいいことだからな。でも、あまり無理はするんじゃないぞ。修業がきつかったら、いつでもあきらめていいんだから」

「ううん、俺、絶対にあきらめないよ。石にかじりついてでも、強くなってみせるから！だって、弥助にいのためなんだからさ！」

頑固に言いはる千吉に、弥助は内心ため息をついた。千吉の、弥助のためなら無茶でもなんでもしようとするところを目にするたびに、失ってしまった養い親、千弥《せんや》のことが胸に蘇《よみがえ》ってきてしまう。

だが、それもしかたないことではあるのだ。

なぜなら、千吉は千弥その人なのだから。

また の名を白嵐《びゃくらん》という大妖《たいよう》で、弥助命の親馬鹿だった千弥は、六年前、弥助の命を救うために禁忌《きんき》を犯した。その代償として、弥助との思い出の全てを失い、何も知らない赤子になってしまったのだ。

その赤子を千吉と名づけ、弥助は育てている。過去のこと、千弥のことは決して教えないと、心に決めて。

それは千吉のためでもあり、自分のためでもあった。

どんなに恋しくても、どんなに会いたいと願っても、養い親としての千弥は二度と戻ってはこないのだ。だから、自分は兄として立派に千吉を育てよう。自分が千弥にしてもらったように、たっぷりと愛情を注ぎ、二人で一緒にいられる時をなにより大切にしていこう。

そう誓ったのだ。

それでも、ふとした拍子に、千弥のことが懐かしくもほろ苦く頭に浮かんできてしまう。未練がましいと、弥助はいつも苛立つのだが、これぱかりはどうしようもなかった。

心の中で舌打ちしている弥助を、千吉はのぞきこんだ。

「どうしたの、弥助にい?」

弥助のことになると、千吉は驚くほど勘が鋭くなる。今も、兄が何か悩んでいると、さっそく気づいたわけだ。

弥助は急いでごまかした。

「いや、おまえに文が届いたってことは、双子《ふたご》も呼ばれたのかなと思ってね」

そう弥助が言った次の瞬間、ぱたぱたと足音を立てて、母屋のほうに暮らしている天音と銀音が小屋に飛びこんできた。

「千！　千、来たわ！」

「文が来た！　今夜、西の天宮に行けるって！」

「修業よ、修業！」

大はしゃぎで叫ぶ双子は、千吉と同じ六歳。父親の久蔵《きゅうぞう》は人間、母親の初音《はつね》は華蛇族《かだぞく》という妖怪だ。だが、半妖《はんよう》とはいえ、双子には今のところこれといった力はなく、術を使えることもない。せいぜい、人と妖怪を見分けることに長《た》けているくらいだ。

そして、千吉とはほとんど姉弟同然に育っている。というのも、弥助と千吉は、久蔵宅の庭先に建てられた小屋を間借りさせてもらっているからだ。

愛らしく、おしゃまで、誰からもかわいがられる天音と銀音。だが、つい先日、恐ろしい目にあった。欲に目がくらんだ人間に拐《かどわ》かされ、虚神《うろがみ》というものの贄《にえ》にされるところだったのだ。

無事に救い出されたとは言え、双子が味わった恐怖は大きかった。連れ去られた挙《あ》げ句《く》、互いから引き離されてしまったからだ。

生まれてからずっとぴたりと寄り添ってきた双子にとって、その体験は壮絶なものだった。一人になったことへの孤独と恐怖、そしてもう一方の無事を祈り続けた狂おしいひとときは、決して忘れられないだろう。

二度とあんな目にあいたくない。大事な半身を守りたい。

その願いから、双子も朔ノ宮に弟子入りしたのだ。

きゃっきゃと笑い声をあげる双子に、千吉は渋い顔をして言った。

「修業なんだぞ？　遊びに行くわけじゃないんだぞ？」

「あら、わかってるわよ」

「でも、わくわくするでしょ？　どんな術を教えてもらえるか、すごく楽しみ！」

「早く夜になったらいいわよね」

「そうそう。母様がね、朔ノ宮様に持って行ってさしあげなさいって、おはぎをこしらえてくれてるのよ」

「朔ノ宮様って、甘い物がお好きなんですって。たくさん作ってくれるそうだから、あとで千と弥助にいちゃんのぶんも持ってきてあげるわね」

「……おまえ達、やっぱり遊びのつもりなんだろ？」

「あら、おはぎいらないの？」

「……いるさ。おはぎは弥助にいの好物だからな」

千吉と双子のやりとりに、弥助はくすくす笑った。

「おまえ達三人を同時に迎えてくれるなんて、朔ノ宮も懐《ふところ》が深いよなあ。いや、度胸があるって言うべきかな」

なんにしても、朔ノ宮は驚くことだろう。この三人が揃うと、なぜかやたら騒がしくなるのだから。


夜、弥助と千吉、そして双子とその両親は、庭に出て、迎えが来るのを待った。

待ちかまえていると、ふいに天空の満月をさっと横切るものがあった。夜空を見上げ、全員が絶句した。巨大な銀色の扇《おうぎ》が音もなく舞いおりてくるところだったのだ。

畳二畳分はありそうな大扇の上には、ちょこんと、白い狩衣《かりぎぬ》をまとった小さな犬神《いぬがみ》が乗っていた。犬というより、狸《たぬき》に似た愛嬌のある顔つきをしており、全身、ふわふわした茶と黒の毛で覆われている。そのせいで、着ている狩衣もはちきれんばかりに膨らんでいて、まるで鞠《まり》のようにころころと丸っこい。

かわいらしい犬神は、大扇から飛び降りると、頭を下げてきた。

「犬神の鼓丸《つづみまる》と申します。西の天宮の奉行、朔ノ宮様の命を受け、千吉殿、天音殿、銀音殿をお迎えにあがりました」

声までかわいい鼓丸に、天音と銀音は大喜びした。

「かわいい！」

「かわいい！　好き！」

ばっと飛びついてきた双子に、鼓丸は目を丸くした。こんな出迎えをされるとは夢にも思っていなかったから当たり前だ。

「こ、こら、やめるのです！　私は仮にも兄弟子で……こ、こら、しっ

ぽつかまない！　あん！　み、耳のそこはだめ！」

「うわあ、ふかふか！」

「お耳も気持ちいい！」

「あひん！　だ、だから耳は！　ふうん！」

すっかり翻弄《ほんろう》されている鼓丸を、弥助はさっと抱えあげて救い出した。

「こらこら。せっかく迎えに来てくれた相手を困らせてどうするんだよ」

「あ、そうだった」

「うっかりしちゃった。だって、あんまりにもかわいいんだもの」

「ごめんなさい、鼓丸さん」

「許してね、鼓丸さん」

謝る双子に、鼓丸は何か言おうとした。だが、そうする前に、ぐわしと、両肩をつかまれた。

つかんだのは、双子の父親の久蔵だった。目を血走らせながら、久蔵は大声で言った。

「鼓丸殿！」

「ひゃっ！」

「どうかどうか二人のこと、よろしくお願いします。怪我するような厳しい修業は親としてはやめてほしいんですが、不埒《ふらち》な野郎の玉をつぶせるような術は、もうどしどし教えてやってくださいと、そう朔ノ宮様に伝えていただけますかね？」

「おい、久蔵……」

「なんだよ？　おまえだってそう思うだろ、弥助？」

「ま、まあな。無茶はせず、ほどほどに鍛《きた》えてもらえたらいいなって思ってはいるさ」

久蔵と弥助のやりとりに、久蔵の女房の初音は「まったく親馬鹿なのだから」と、つぶやいた。鼓丸は面食らったあまり、何も言えなかった。

そんなこんなで時はかかったものの、やっと西の天宮に向かうことになった。

三人の子供らは鼓丸のあとに続いて、大扇の上に乗った。乗り手が三人増えたというのに、大扇はびくともせず、ふわりと空中に浮かびあがった。

「行ってきまあす、父様、母様！」

「いってらっしゃい。二人とも、朔ノ宮様の言うことをよく聞くんですよ」

「わかってます、母様」

「ちゃんとおはぎもお渡しするからね」

「気をつけるんだよ、天音！　無茶しちゃだめだぞ、銀音！」

千切れんばかりに手を振る久蔵の目には、早くも涙が光っていた。永久《とわ》の別れでもあるまいしとあきれつつ、弥助もなんだかせつなかった。

また一つ、小さかった千吉が大きくなったような感じがする。嬉しいし誇らしいが、少し寂しい。

だが、久蔵みたいにみっともなく騒ぎはするまいぞと、弥助は大きく千吉に笑いかけた。

「行ってこいよ、千吉。土産話、楽しみにしてるからな」

「うん、弥助にい！　俺、がんばってくるから！」

子供達を乗せたまま、大扇はぐんぐんと空に昇っていき、まるで月に飲まれたかのように、ふっと消え失せた。

行ってしまったと、弥助は体から力が抜けた。久蔵に至っては、ぺたんとへたりこんでしまった。

そんな二人を、初音は元気よく叱り飛ばした。

「二人とも、いい加減にしなさい！　なんですか、もう！　弥助さんまでそんな情けない顔をして。朝までには家に戻しますって、鼓丸殿が言っていたでしょうが。ほらほら、しゃんとして。さっさと家の中に入りなさい」

かつては蝶よ花よと愛でられた姫君であったが、今やすっかり威勢のよさが身についた初音なのであった。

さて、子供達を乗せた大扇は不思議な暗闇の中を滑るように飛んでいき、あっという間に西の天宮に到着した。

白い樹木の森に囲まれた、鏡のように凪《な》いだ湖の中に、西の天宮はある。七階建てのすっきりと細い建物で、まるで櫓《やぐら》のように天高くそそり立っている。

大扇はまずは湖に着水し、小舟か筏《いかだ》のように浮かんだまま、すうっと西の天宮へと近づいていった。

そうして大きな水門から中に入れば、長い階段がある船着場に着いた。

「さ、降りてください。朔ノ宮様がお待ちです」

鼓丸に案内され、千吉達は階段を上っていき、小さな部屋へと入った。

そこに、朔ノ宮がいた。

人の体に狼のような頭を持つ朔ノ宮は、巫女《みこ》装束を思わせる浅黄《あさぎ》色の衣をまとい、榊《さかき》を一枝、腰帯に差しこんでいる。全身を覆う長い黒毛は、艶やかで美しい。東《ひがし》の地宮《ちぐう》を司《つかさど》る月夜公《つくよのぎみ》のような凄みはないが、月夜公に勝るとも劣らない圧倒的な存在感を放っている。

こちらも大妖と呼ばれる存在なのだと、ひしひしと肌に伝わってくるのだ。

神妙な顔をしながら、千吉達は朔ノ宮に頭を下げた。

「これからよろしくお願いします、師匠！」

「よ、よろしくお願いします！」

「お世話になります！」

「よく来たな、千吉、天音、銀音。それに、ぽん、ご苦労だった」

朔ノ宮は千吉達に笑いかけ、そのそばにいる鼓丸にねぎらいの言葉をかけた。

「ぽん？」

「ぽん？」

きょとんとしながら、天音と銀音は鼓丸を見た。

鼓丸は焦ったように言った。

「あ、主《あるじ》！　その呼び方はやめてください！」

「よいではないか。そなたにぴったりのあだ名だ。かわいいし、呼びやすいし。そなたらもそう思うであろう？」

問いかけられて、双子はぱっと笑顔になり、こくこくとうなずいた。

「ぽんちゃん！　ぴったり！」

「かわいい！　あたし達もぽんちゃんって呼ぶわね！」

いやですぅっと、鼓丸は小さくうめいた。

そしてこの間、千吉は朔ノ宮だけを見つめていた。そのまなざしに気づき、朔ノ宮はそれまでとは違う微笑《ほほえ》みを浮かべた。

「焦っているようだな、千吉。早く強くなりたいか？」

「はい！」

「そうか。……力に飢えるものは嫌いではない。では、さっそく修業を始めるとしよう。まずは……」

「まずは？」

息をのんで待ちかまえる三人に、朔ノ宮はにやりとしながら手を差しだした。その手には櫛《くし》と小さなはさみが握られていた。

「私の毛並みの手入れをしてもらおう。こう長いとな、すぐに毛玉ができてしまって、厄介なのだ」

子供達は動けなかった。何を言われたのか、すぐには理解できなかったのだ。

二

自分はいったい何をやっているんだろう？

千吉はいらいらしながら、小さな鉢の中をどしどしとついていた。

修業が始まってから、もう二十日あまりが経っていた。

この二十日間というもの、千吉と双子《ふたご》は、ほとんど毎晩のように西《にし》の天宮《てんぐう》に呼び出されていた。そこで一刻ほど修業をしては、家に戻されるのだが、修業というのは名ばかりで、実際にやらされるのはどうでもいいような雑用ばかりだった。

朔ノ宮の毛や爪の手入れ、耳かき、部屋の掃除、水汲み、洗濯。

どれもこれも、思い描いていたものとは全然違う。

今は、鼓丸と共に台所に立ち、粟餅《あわもち》作りをやらされていた。蒸した粟をつぶして、餅米と混ぜて作る粟餅は、素朴な風味とほんのりとした甘みがよく、朔ノ宮の好物なのだという。

双子は楽しんでいるようだったが、早く強くなりたい千吉は、朔ノ宮に馬鹿にされている気がしてならなかった。

おまえ達のような子供に教えられるのは、この程度のものしかないぞ。

そう言われている気がして、苛立ちが募《つの》っていく。

ついつい粟をつぶすのも荒っぽくなる千吉に、餅米を蒸している鼓丸は声を飛ばした。

「千吉！　そんな乱暴にしたら、鉢が割れてしまいますよ。もっとていねいに。主《あるじ》のことをちゃんと思って、すりつぶしなさい」

ぎろっと、千吉は鼓丸を睨み返した。子供とは思えないような鋭い睨みに、ひゃんと、鼓丸は弱気の鳴き声をあげて、思わず身を縮めた。

それを庇《かば》うように、双子が立ちふさがった。

「ちょっと、千！　そんなふうにぽんちゃんを睨まないの！」

「そうよ、千。ぽんちゃんは兄弟子なんだから、大事にしてあげないと」

「……本当に兄弟子と思ってくれるなら、その呼び方をやめてほしいんですけど」

「それはだめ。ぽんちゃんはぽんちゃんだもの」

「そうそう」

「ううっ……」

べそをかく鼓丸をなでなでする双子に、千吉は苛立ちをぶつけた。

「おまえ達はこれでいいのか？　こんなことばっかりやらされて、悔しくないのか？」

「うーん。まあ、思ってた修業とは違うけど、これはこれでおもしろいもの」

「そうそう。それにね、きっとこれも、ちゃんと意味のあることだと思うから。そうでないなら、朔ノ宮様がわざわざお菓子作りしろだなんて、言わないと思うのね。だから、最後までちゃんとがんばろうと思って」

「…………」

むすっとしながら、千吉は鉢にふたたび向き直った。さっきよりも多少ていねいな手つきで栗をつぶしていく千吉を見て、鼓丸はほっとして息をついた。

「ぽんちゃん、大丈夫？」

「ぽんちゃんはやめてください。……大丈夫ですけど、あの子、なんだか怖いです。二人とも、よく平気ですね？」

「うん。だって慣れてるもの」

「弥助にいちゃんのことにならなければ、千はけっこう素直だし」

「ぽんちゃんもすぐに千の扱い方がわかるようになるわよ」

もしかして、本当に怖いのはこの双子のほうではないか？

ころころ笑う双子に、鼓丸は別の意味でぶるりとした。

その後はたいした問題もなく、上手に栗餅ができあがった。一口大に丸くしたものを山のように器に盛りつけ、鼓丸と子供らは朔ノ宮のところに運んでいった。

朔ノ宮は自室におり、退屈そうな顔で文《ふみ》らしきものを読んでいた。文はその一枚だけでなく、朔ノ宮の周りに十枚以上もちらばっていた。

栗餅を運びながら、鼓丸が言った。

「また恋文でございますか、主?」

「そうだ。今日もこんなに届いてな。読むのも一苦労よ。強く美しく生まれついたものの宿命だな」

さらりと長い髪をかきあげながら、朔ノ宮は物憂《ものう》げな流し目で遠くを見た。が、鼻が小さく動いたかと思うと、ぱっと笑顔になった。

「おお、今日は栗餅か! ぽんはいつも私の好物を用意してくれるな」

「……鼓丸と呼んでくださったら、もっともっとおいしいものをこしらえてみせます」

「心そそられはするが、それはやめておこう。私はそなたをぽんと呼ぶのが好きだし、なにより、おやつの出来映えは今のままで十分満足しているからな」

鼓丸をからかいながら、朔ノ宮は手を伸ばして栗餅を一つ、ぱくりと食べた。

「うむ、うまい！　この栗のつぶつぶとした食感がまたたまらぬ！」

「朔ノ宮様、お茶、淹れました」

「おお、すまんな、天音」

嬉しそうに湯呑みを受け取る朔ノ宮。

一方、天音と銀音はぽかんとした顔をした。

「ん？　どうかしたか、二人とも？」

「……どうして、あたしが天音だってわかったんですか？」

「あたし達のことは、父様と母様と千くらいしか区別できないのに」

「匂いだ」

ことともなげに朔ノ宮は答えた。

「よく似てはいるが、微妙に匂いが違う。我ら犬神《いぬがみ》は元来鼻が利く。まして、私は犬神の長《おさ》なのだからな。そなたらを間違えることはない。それはさておき……」

さらに栗餅を頬張りながら、朔ノ宮はちらりと千吉に目をやった。

「千吉はさっきから黙っているが、どうした？　不満いっぱいの匂いをさせているが、私に何か言いたいことでもあるのか？」

「……いつになったら、俺達にちゃんと修業をさせてくれるんですか、師匠？」

「なんだ？　今までの修業では物足らないか？」

「こんなの、修業じゃない。師匠の爪の手入れをしたって、強くなれっこない。……今のところ、師匠らしいことは一つもしてもらってないと思います」

「ほう。はっきり言うではないか」

　にっと、朔ノ宮は白い牙を剝き出して笑った。

「早く力を身につけたいという志はあっぱれだ。だがな、千吉よ、そなたは私の弟子になったのだ。そのことを、まずは心に刻みこめ。私の言葉に逆らうな。疑うな。それを叩きこむための、今の修業なのだ」

「……………」

「いやなら、破門にしてやる。東《ひがし》の地《ち》宮《ぐう》の狐《きつね》に泣きついて、あちらになんらかの手ほどきをしてもらえばよい」

　そっけなく言われ、千吉は唇を嚙みながらもかぶりを振った。

「俺、まだ弟子でいたいです」

「ならば、そのふくれっ面はやめよ。ああ、それにしてもこの粟餅はうまい！　絶品だな。……こんなおいしいものを、私一人で食べるのは申し訳ないな」

　朔ノ宮のつぶやきに、千吉も双子も鼓丸も「またか」という顔をした。

「では、また月夜公様に？」

「そうとも。東の狐に分けてやろう。ということで、千吉、お使いを頼む。言っておくが、これもれっきとした修業の一つなのだぞ」

いや、それは違うと、その場にいる全員が思った。

このところ、子供らはよく東の地宮に使いに行かされている。どうやら朔ノ宮は、自分の弟子達を月夜公に見せびらかしたいらしい。この東西の妖怪奉行達は、極めて仲が悪いのだ。

くだらないと思いつつ、千吉はうなずいた。

「わかりました」

「よしよし。天音と銀音も一緒にお行き。粟餅を届けたら、今日の修業は終わりだ。そのまま家に帰っていい」

「はーい！」

双子は元気よく返事をしたが、千吉は心の中で悪態をついていた。

今日もまた何も教えてもらえないというわけか。こんな調子ではいつまで経っても強くなれないではないか。

いらつく千吉の手を引っぱるようにして、鼓丸は千吉を部屋の外に連れ出し、たしなめた。

「千吉、だめですよ。主に対して、そんな反抗的な匂いを放つなんて」

「……ぽんにもわかるのか？」

「ぽんはやめてください。ええ、私は一族の末端ですが、それでも千吉の怒りや不満の匂いははっきり嗅ぎとれます。私にすら嗅ぎとれるんですから、主は千吉の心など手に取るようにわかるはず。……かえって、主をおもしろがらせるだけだと思います」

「……わかった。できるだけ我慢する」

「あ、まだ怒っていますね？　わかりますよ」

「むう……」

唸って黙りこむ千吉を押しのけるようにして、双子が鼓丸ににじり寄った。その目はきらきら輝いていた。

「ねえねえ、ぽんちゃん。さっき、朔ノ宮様が恋文を読んでるって言ってらしたけど、あれって本当？」

「いつもあんなにたくさんもらうの？　いったい、誰から送られてくるの？　ねえねえ、教えて！」

こちらはこちらで好奇心いっぱいの匂いをふりまいている。

やれやれと思いながら、鼓丸は本当だと答えた。

「主はとてもおもてになるのですよ。ほぼ毎日のように、あちこちから恋文が届きます。なにしろ大妖《たいよう》で、西の天宮の奉行。しかも犬神一族の長でもある。主の妖気の美しさに魅せられたあやかし、気に入られて婿《むこ》になりたいというあやかしは、引きも切らないのです」

「妖気の美しさって、どういうこと？」

「目で見えるものではありません。肌で感じるものです。私も、主の妖気はとても美しいと思います。清水のように澄んでいて、海のように深みがある。そういうふうに感じます」

なるほどと、双子は楽しそうにうなずいた。

「それじゃ、朔ノ宮様は？　誰か好きな方はいらっしゃるの？」

「お婿さんにするなら誰がいいって、決めているのかしら？」

「そ、それは私にはわかりません」

「ぽんちゃん、近くでお仕えしているなら、匂いで嗅ぎとれるんじゃないの？」

「……主の心を嗅ぎとれるほど、私は妖力が強くないんです。一番熱心に恋文を送ってくる方のことは知っていますが……まあ、でも、あの方の求愛に主が応えることはないでしよう」

「え、なんで？」

「家柄や血筋が合わないとか？」

「いえ、そうではなくて……その方ではなく、その方の身内が少々面倒な方でして。夫婦《めおと》になったら、あやつとも縁ができてしまうと言って、主は断固いやがっているのです」

「それって、もしかして月夜公様のお身内？」

「いえ、違います。でも、無駄話はここまで。ささ、扇《おうぎ》を出してあげますから、早くお使いに行ってきてください」

「ええ、もっと聞きたいのにぃ」

「けちけちしないで、話してくれればいいのにぃ」

ぷくっと頰を膨《ふく》らませながら、双子はそれでも素直に従った。

そうして、子供らは鼓丸が用意してくれた大扇に乗り、東の地宮へと向かった。鼓丸は一緒には来なかった。「私は台所の後片付けをしています。何度も行っているし、もう三人だけでも大丈夫でしょう？」と言って、子供らを送りだしたのだ。

道中、双子はずっとはしゃいでいた。すうっと空中を滑るように飛ぶ大扇は、双子のお気に入りなのだ。

「うーん、気持ちいいねえ！」

「天音、見て見て！　お星様に手が届きそう！」

「ほんとだ。ねえ、もしお星様が取れたら、どうする？」

「あたしはかんざしにして、髪に飾りたい」

「あたしはちょっとかじってみたい。お星様ってどんな味がするのかしらね？」

このののんきなやりとりすらも、千吉の耳には届いていなかった。この大扇の術だけでも自分のものにできないだろうかと、考えていたのだ。

「この術が使えれば、大火事が起きて、周りが火の海になっても、弥助にいを乗せて、安全なところに逃がせる……。ぽんに頼んだら、教えてくれるかな？」

千吉がそんなことを考え、双子が星に手を伸ばしているうちに、大扇は東の地宮に到着した。

いつも静かな西の天宮に比べ、東の地宮は非常に活気に満ちている。たくさんの烏天狗《からすてんぐ》達が働いている上、あやかし達の出入りも多いからだ。

妖怪達は、何か手に負えないことが起きるたびに、東の地宮を頼るのだという。小さなけんかから激しいいがみ合いの仲裁、迷子になった子妖の探索、魔物の討伐《とうばつ》や捕縛など、烏天狗達はいつでもてんてこ舞いだ。

今日も今日とて、門のところには妖怪達の姿がちらほらあった。彼らは頭上を飛んでいく大扇の上の子供らを見ると、ひそひそとささやきあった。

「おやま、きれいな子達だこと」

「あれは、ほら、西の天宮の……」

「ああ、では、あの双子は華蛇族《かだぞく》の初音様のところの……」

「それじゃ、もう一人の子は子預かり屋の人間……」

そんなささやきを気にすることもなく、三人は東の地宮の、小さな中庭へと降り立った。

白い玉石が敷きつめてある中庭から、双子は小鳥がさえずるように建物のほうへと呼びかけた。

「月夜公様！」

「月夜公様！　いらっしゃる？」

「朔ノ宮様のお使いで来ました！　おいしい栗餅、持ってきましたよ！」

「月夜公様ったら、出てきてくださいな！」

ぱっと、中庭に面した障子《しょうじ》が開いた。だが、飛びだしてきたのは月夜公ではなく、その甥の津弓《つゆみ》であった。

「わあ、千吉！　天音と銀音も、久しぶりだねえ！」

声をはずませる津弓は、ころりと丸っこく、頭には二本の角が、尻には細く白い尾が一本ある。かわいらしいが、冬の三日月のような冴えた美貌《びぼう》を持つ月夜公とは、まったく似ていない。

だが、この甥っ子のことを、月夜公は溺愛《できあい》しており、それこそ目に入れても痛くないほどかわいがっているのだ。そして、べたべたに叔父に甘やかされているわりには、津弓は素直な性格で、千吉や双子とも仲がいい。

今も、嬉しげに三人に駆け寄ってきた。

「どうしたの？　三人揃って、叔父上を訪ねてきたの？」

「そうよ」

「あら、知らなかった？　あたし達、最近ちょくちょくここに来ているの」

「朔ノ宮様のお使いでね。月夜公様に色々届けに来ているのよ」

「そ、そうだったの？　知らなかった。叔父上ったら、そんなこと一言も言ってくれないんだもの。……むうっ！」

津弓の頰がぱんぱんに膨らんだ。

叔父の月夜公はできるだけ津弓を手元に置きたがっており、津弓が外に出かけるのはもちろん、他の子供らと遊ぶことにもいい顔をしないのである。千吉達の訪れのことを黙っていたのも、そのあたりのことが絡んでいるのだろう。

だが、仲間はずれにされるのは津弓がもっとも嫌うことなのだ。

「いつも叔父上には、千吉達が来たら教えてくださいって、言っているのに！　そんなにちょこちょこ来ていたなら、一緒に遊べたかもしれないのに！」

ふるふると震える津弓を、双子はなだめた。

「まあまあ、そんなに怒らないで」

「そうよ。今度一緒に遊びましょうよ。ね？」

双子に頭を撫でられ、津弓はちょっと頬を赤くした。その津弓に、千吉が言った。

「月夜公は？　いないのかい？」

「叔父上なら奥にいらっしゃるの。ちょっと手が離せないみたい。でも、すぐ来てくださると思う。ところで、お使いって？」

「粟餅。俺達で作ったんだ。おいしくできているから、月夜公にも分けてやれって、朔ノ宮様が言うんだよ」

「ええ、粟餅を千吉達が作ったの？　いいなあ。津弓もやりたかったなあ」

「いいもんか。今日は粟餅作りで、昨日は白玉作り。こんなことばっかりやらされて、全然修業が進んでいないんだぞ」

「ええ、でも、みんなで一緒にやるって、楽しそうだもの。いいなあ、いいいなあ」
津弓がしきりにうらやましがっていると、奥から月夜公が現れた。
長身を赤い衣で包み、銀色の太い狐尾三本を小さな鼠《ねずみ》達に支えさせた月夜公は、今宵《こよい》も
はっとするほど美しかった。赤い半割りの鬼面をつけているが、それもまた白皙《はくせき》の美貌を
際立たせている。
が、津弓が千吉達といるのを見るなり、月夜公はぎくりとした顔をした。
「つ、津弓……」
「叔父上！」
津弓は叔父を振り返った。
「千吉達、朔ノ宮様のお使いで、粟餅を届けに来たそうです」
「ぬ……そうか」
大嫌いな朔ノ宮の名を聞き、月夜公の顔が苦々しげになる。だが、津弓はかまわず言葉
を続けた。
「粟餅は、千吉達が作ったそうです。千吉達、いっぱいそういうことをしているんだそう
です。ねえ、叔父上。明日の夜は、津弓も西の天宮に行ってもいいですか？　津弓も、千
吉達と一緒にあれこれやりたいです」

ぴくっと、月夜公の口が引きつった。「ならん！」と、反射的に言いそうになるのを、慌てて抑えたようだ。

そんな叔父に、津弓は甘えた声で言った。

「ねえ、いいでしょう、叔父上？　津弓、もうずっと誰とも遊んでいないんです。屋敷にいるのも飽きてきました」

「わ、吾《われ》がそばにいるではないか。外に出るのを禁じたのも、そもそもそなたが梅吉《うめきち》と騒ぎを起こしたからであって……それに千吉達とて、遊びで西の犬のところにいるわけではないのじゃぞ。そうであろう、千吉？　修業のために、犬のところに通っているのであろう？」

「なら、津弓も朔ノ宮様のところで修業したいです」

「津弓！」

なんてことを言うのだと、月夜公はぶんぶんと三本の尾を振り回した。

「じゅ、術であれば、吾が教えているではないか！」

「でも、別の方に習えば、別のことを覚えられるかもしれないもの。ねえ、叔父上、いいでしょう？　ねえねえ？」

津弓にすがりつかれ、月夜公は口を大きく歪めた。かわいい甥の願いをなんでも叶えて

やりたいという気持ちと、行かせたくないという気持ちがせめぎあっているに違いない。

ここで、千吉はあることを思いつき、口を開いた。

「そうだな。明日、津弓も西の天宮に来ればいいよ。一緒に修業しよう」

「ほら、叔父上！　千吉までこう言ってくれています！　いいでしょういいでしょう？　ね？」

「う、うむ……」

「わあい！　やったやったー！　ありがとう、叔父上！」

飛び跳ねる津弓を抱きかかえながら、月夜公はすごい形相で千吉を睨んだ。

さらりとそれを無視する千吉を、銀音が指で突っついた。

「ちょっと。どういうこと？　千がそんなふうに誘うなんて、珍しいにもほどがあるじゃない。何を企んでいるの？」

「別になんにも企んでない。どうせ菓子作りとか掃除をやらされるなら、手が多いほうがいいと思っただけさ」

もちろん、これは嘘だった。犬猿の仲の月夜公の甥が一緒とあらば、朔ノ宮も少しはまっとうなことを教えてくれるかもしれない。そう睨んでのことだ。

適当なことをすれば、それは津弓から月夜公に伝わる。そして、朔ノ宮を馬鹿にする機会を無駄にするような月夜公ではない。そのことを朔ノ宮はよく知っているはずだ。

早く明日になってほしいと願いながら、千吉はまだ目を吊り上げている月夜公に、粟餅を差しだしたのだった。

三

翌日の夜、西《にし》の天宮《てんぐう》に着いた千吉は、朔ノ宮に挨拶をしがてら、さりげなく津弓のことを告げた。

「津弓が来るだと？　あの狐《きつね》の甥っ子が？　聞いておらぬぞ？」

朔ノ宮は目をしばたたかせたものの、すぐさま千吉のことを軽く睨んだ。

「企んだな、千吉。ずる賢いやつだ」

「俺、別に何も企んでない」

「しれっと嘘をつくな。言葉でいくら言い繕っても、匂いではっきりわかるぞ。してやったりと思っているな？」

「……………」

「まったく。……まあ、しかたない。狐の甥っ子が来るのであれば、そなたらに術らしいものを教えてやるか。本当はもう少しあとにしようと思っていたのだがな」

「よし！」

こらえきれず、千吉はにやっとしてしまった。

そんな千吉を朔ノ宮はきっちり叱り、二度とこういうことをするなと釘を刺した。

「今回は見逃すが、次にこうしたずるい手を使ってきたら、容赦なくそなたを破門にする。わかったな？」

「……はい、師匠」

さすがに千吉は神妙な顔となった。朔ノ宮が本気で言っているとわかったからだ。

と、ここで鼓丸がやってきた。

「主《あるじ》。あの……東《ひがし》の地宮《ちぐう》からお客様が……」

「ああ、わかっている。今、千吉から聞いたところだ。津弓が来たのであろう？」

「いえ、津弓様ではございません」

「ん？　違うのか？」

朔ノ宮はもちろん、千吉と双子《ふたご》も驚いて、顔を見合わせた。

「津弓、来なかったの？」

「あんなに来るって約束したのに。楽しみだって言っていたのに」

「変ね。ねえ、千？　津弓、どうしちゃったのかしら？」

だが、千吉は双子のさえずりを無視し、恐る恐る朔ノ宮を振り返った。

朔ノ宮は意地の悪い笑みを浮かべていた。

「津弓が来ないのであれば、術の件はなしだな」

「そんな！」

津弓め。今度会ったら、こっぴどく文句を言ってやろう。

悔しくて、腹立たしくて、千吉はぎりぎりと歯ぎしりした。

一方、朔ノ宮は少し真顔になって鼓丸を見た。

「それで？　津弓でないなら、誰が来たのだ？……まさか、あの腹黒狐ではないだろうな？」

「いえ、それは……」

「そうだろうな。あやつがここに来たら、西の天宮そのものが穢《けが》れるような匂いがするはず。ええい、ぽん、焦《じ》らさずに早く教えよ！　誰が来たのだ？」

「あの……津弓様からの使いのものだとのことです」

「使い？　ならば通せ。狐の言葉など聞きたくもないが、津弓が送ってきたということであれば、話を聞こう」

月夜公を心底嫌っている朔ノ宮だが、月夜公本人に関わることでなければ、意外と寛容なのである。

主の命を受けて、鼓丸は津弓の使いを部屋に通した。

入ってきたものを見るなり、全員が目を丸くした。それは、なんとも不思議な姿をしたものだったのだ。

見た目は手鞠《てまり》にそっくりだ。体とも顔ともつかぬ手鞠の部分に、大きな目玉とぱっくりと裂けたような口を持ち、両脇からはごつい手足が、てっぺんからはもしゃもしゃの髪がはえている。

だが、奇妙奇天烈《きみょうきてれつ》な姿にそぐわず、それはとてもていねいに口上を述べた。

「手前は手鞠の付喪神《つくもがみ》、毛丸《けまる》と申します。このたびは津弓様の名代《みょうだい》としてまかりこしました。朔ノ宮様、およびみなさまにこうしてお初にお目にかかれたこと、とても光栄に存じまする」

柔らかな声で挨拶したあと、毛丸は言葉を続けた。

「本日、津弓様は急な腹痛を起こされ、こちらに参ることが叶わなくなりました。みなさまにはどうかどうかよろしく伝えてほしいとのことでございます」

「腹痛?」

「はい。何に当たったものか、朝から厠《かわや》に駆けこんでしまわれて。まあ、腹痛自体はすぐにおさまったのでございますが、万が一があってはならぬと、月夜公様が厳しく言われたのでございます。月夜公様もお役目を休んで、今日は一日、津弓様についているとのことでございます」

ああっと、子供達はため息をついた。月夜公がつきっきりでそばにいるのでは、津弓が屋敷を抜けだすことはまず不可能だ。

銀音がぽつりとつぶやいた。

「……津弓、泣いちゃうんじゃない?」

「はい。泣いておられました。よほどこちらに来たかったのでございましょう。おかわいそうに。ああ、あのように泣かれますと、手前のほうまで悲しくなり、この身が糸となってほどけてしまう気がいたします」

本当に涙ぐみながら、毛丸は言った。

と、ここで朔ノ宮が動いた。毛丸にすっと顔を近づけ、すんすんと匂いを嗅いだのだ。

これには毛丸も驚いたようで、身を縮めながら小さく言った。

「あ、あのぅ……手前、臭《くそ》うございまするか?」

「ん? ああ、すまんな。悪かった。犬神《いぬがみ》の癖なのだ。初めて会う相手の匂いはついつい嗅いでしまう」

「ああ。本当にすまないな。だが、おかげで色々とわかった」

毛丸から身を引きながら、朔ノ宮はあきれたように笑った。

「そなたの体についた津弓の匂いに、かすかに薬の匂いが混じっている。さては、あの狐め。津弓に腹下しの薬を飲ませたな。そうまでして、この私の元に来させたくなかったというわけか。ふふん。姑息《こそく》な手を使うことよ」

朔ノ宮の言葉に、毛丸は仰天したような声をあげた。

「月夜公様が津弓様に薬を盛るようなことをなさるはずがございません！　津弓様のことを目に入れても痛くないほどかわいがっておいでなのでございますよ？」

「確かに、あやつは津弓をかわいがっている。だが、同時に、あの狐は甥を守るためなら、なんでもする。私の元に津弓を行かせるくらいなら、腹下しを飲ませて、厠から出られなくさせるほうがいい。そういうことを考え、やってのけるやつだ。そうであろう？」

「そ、それは……し、しかし、全ては津弓様のためでございますので」

気持ちはわかると、千吉は思わず心の中でうなずいた。

千吉は、兄の弥助が妖怪の子預かり屋をやっていることを忌々《いまいま》しく思っていた。理由はもちろん、二人きりの時間を邪魔されるからだ。

できることなら兄を独り占めしたい。兄が他の子妖に構う姿を見るくらいなら、眠り薬を飲ませて眠らせて、その寝顔を自分だけでずっと見ていたい。

もちろん、そんなことをしたら弥助は怒るだろうから、絶対にやるわけにはいかないのだが。自分の望みを実行してしまえる月夜公が、千吉はかなりうらやましかった。

だが、そう思ったのは千吉だけのようで、他の面々はひたすらあきれていた。

「月夜公様ったら、そこまでしちゃったの？」

「あんなにおきれいなのに、なんだかもったいないお方よねえ」

「そうとも。天音、銀音、よくよく気をつけるのだぞ。あのような顔だけの男に、決して惑わされぬことだ」

盛りあがる双子と朔ノ宮に、毛丸は必死で反論した。

「月夜公様は、た、確かに行き過ぎるところがございます。しかし、す、少なくとも、津弓様を大切になさるお心に嘘偽《いつわ》りはないと、手前は知っております！」

声をはりあげる毛丸を、天音が不思議そうにのぞきこんだ。

「あなた、津弓の家来なの？　でも、あなたのこと、見かけたことがないんだけど」

「はい。手前はつい最近、付喪神として目覚めたばかりでございまして。けれど、月夜公様のはからいで、すぐに津弓様にお仕えすることが許されたのでございます。津弓様は大変すばらしい御子《おこ》でいらっしゃいます。愛らしく、利発で、特に笑顔がすばらしい。あのような御子にお仕えできるとは、手前は本当に運がいい付喪神でございます」

津弓のことを褒めちぎる毛丸。おべっかでもなんでもなく、心から言っているのが伝わってくる。

これに、子供らはひそひそとささやきあった。

「なんだろう？　誰かに似てないか？」

「……というより、言葉づかいは違うけど、月夜公様みたい。津弓を大事にしている感じが、もうそっくりだもの」

「……もしかして、毛丸を作ったのは月夜公様なんじゃない？　ほら、月夜公様に仕えている三匹鼠《ねずみ》みたいに」

「ありえそうだな」

「うん。月夜公様、自分の分身として津弓を見張るために、この毛丸を作ったのよ。きっとそうよ」

だが、このやりとりは朔ノ宮にも聞かれてしまったのだ。月夜公の分身と聞いて、朔ノ宮の毛丸を見る目が厳しくなった。

「なるほど。あやつの……似ている気配がするとは思っていたが、なるほど、そうであったか」

「ひえ……」

朔ノ宮にねめつけられて、毛丸は丸い体が細くなるほど怯えた。

だが、朔ノ宮はすぐに目つきを和らげ、ゆったりとした口調で言った。

「毛丸、そなた、このまま西の天宮で千吉達と過ごしていくがいい」

「へ？」

「せっかく津弓の名代として来たのだ。ここでどんなことをしたか、帰って津弓に話してやれば、喜ばれよう」

「喜ばれる……確かにそうでございますね。は、はい。では、お言葉に甘えさせていただきまする」

津弓のためになるのならと、毛丸は俄然はりきった様子になった。

だが、千吉も双子も鼓丸も、「これは何か裏がある」と思った。

自分に注がれる疑いのまなざしを無視し、朔ノ宮は楽しげに言った。

「ぽん、みなを四連《よんれん》のところに連れて行ってやれ」

「よ、四連のところに、でございますか？」

「そうだ。そろそろ千吉達を引き合わせてもよい頃だと、そう思っていたからな。ちょうどいい。千吉、天音、銀音。次の修業だ。この西の天宮で力をつけていきたいなら、これから会う四連と仲良くし、理解し、信頼を勝ち取ることだ。さあ、行ってくるがいい」

うながされ、部屋の外に出た千吉は、すぐさま鼓丸に尋ねた。

「四連って？」

「犬神の、四つの氏族の長達《おさ》です。名前のとおり、四人いらっしゃって、それぞれが力ある犬神です。主を支え、主の手足となって働く方々です」

「へえ。ここはいつも静かだから、てっきり朔ノ宮とぽんしかいないのかと思っていたよ」

「そんなわけがないでしょう。お役目がない時は、四連はだいたい三階にて過ごされているんです。今からそこに案内します」

これを聞き、双子は笑顔になった。

「他の犬神の方々に会えるなんて、嬉しい！」

「みんな、ぽんちゃんみたいにかわいいのかしらね？」

千吉も少し喜んだ。

なんにしろ、これまでと違うことができるのはいい。新しい修業だと言われたからには、きっちりとこなしてみせようではないか。

子供らはわくわくしながら、鼓丸のあとについていった。毛丸は一番後ろから、こちらも気合い十分の様子でついてきた。が、なにぶん体が小さいので、どうしても子供らの足についていけず、遅れがちになってしまった。

見かねた銀音が毛丸を抱きあげて、懐《ふところ》に入れた。

「これはこれは。ありがとうございまする」

「どういたしまして」

そうして最上階の朔ノ宮の部屋から、三階へと降りてきた。

これまではいつも素通りしていた大扉を、鼓丸が開いた。

扉の向こうには、なんと、美しい庭園が広がっていた。

青々とした草地。見目麗《うるわ》しい樹木に花々。竹林のほうからは鶯《うぐいす》の鳴き声が聞こえ、睡《すい》蓮《れん》や蓮《はす》の花が浮かぶ池すらある。

そして、明るかった。

今は夜のはず。ましてや、ここは建物の中のはずなのに、上には吸いこまれそうな青空が広がっているのだ。

千吉達があっけにとられていると、ふいに大きな声が降ってきた。

「おお、鼓丸。ついに姫様の弟子達を連れてきたんだなぁ」

そばにある松の大木の枝に、赤い瓢箪《ひょうたん》を手にした大きな犬神がいた。切れ長の目に、きりっとした立ち耳を持った赤毛の犬神だ。だが、りりしい見た目とは裏腹に、松葉色の着物を少々だらしなく着て、のんびりとした様子で枝に寝そべり、こちらを見下ろしてくる。ただそこにいるだけなのに、不思議と華やかで人目を惹きつける気配を放っていた。

鼓丸が千吉達に告げた。

「四連のお一人、南風《はえ》の朱禅《しゅぜん》様です。朱禅様、他の方々はどちらに？」

「黒蘭《こくらん》はさっき奥で怪魚釣りをしていたよぉ。白王《はくおう》は竹の子相手に歌を詠んでいたなぁ。蒼師《そうし》殿は東屋《あずまや》で昼寝中だ。でも、みんなすぐにここに来るだろうさぁ」

その言葉が終わるか終わらないかのうちに、子供達はさらに三人の犬神に囲まれていた。

まず目に入ってきたのは、白と黒のぶち模様の犬神だ。女だが、きりっとした袴姿で、手には長い釣り竿を持っている。

その横には、筋骨隆々の白い犬神がいた。仙人のようなゆったりとした装束をまとい、耳元にはかわいらしい小花を飾っている。

最後の一人は、小柄な年老いた犬神だった。その毛は色あせた灰色で、目は蒼天のように青かった。焦げ茶色の道服を着込んだところは、茶人か隠者を思わせる。

いったい、どこから現れたのかと、子供達は驚いた。

だが、犬神達はそんなことにはおかまいなしだった。かたまっている子供達に顔を近づけ、ふんふんと、しきりに匂いを嗅ぎ出したではないか。

そうしながら、にぎやかに楽しげに言葉を交わしだした。

「ふむふむ。こちらが千吉か。……なるほど。秘めた力の匂いがするな。頑固で、だが、ゆるぎない決意を持ち……おお、今は不満でいっぱいか。で、こっちの双子はよく似ておるが……おぬしが姉であろう？　周囲に気配りができ、妹を守りたいという匂いが強い。そして、おぬしは妹じゃな。甘え上手で、かつ姉をいつでも支えようとしておる」

「うむ。蒼師殿のおっしゃるとおりでございましょうな。それにしても……本当によく似た匂いだ。さながら春に花開く白梅と紅梅の香りを思わせる」

白い犬神が言ったところ、ぶちの犬神があきれたように鼻を鳴らした。

「まったく。白王は夢見がちなことを。何度も言うけれど、その見た目で詩吟と花が好きって、なかなかぎょっとさせられるんだからね」

「そういう黒蘭は勇ましいことばかり好む。俺を見習って、少しは茶の湯でもたしなんだらどうだ？」

「大きなお世話よ」

「こらこら、二人とも、やめんか」

老いた犬神がたしなめたとたん、けんかしそうだったぶち毛と白毛の犬神達はぱっと耳を下げた。

「申し訳ございません、蒼師殿」

「おわびいたしまするぞ」

「うむ。それでよい。我ら四人は、姫様の四肢なのだから、仲良くせねばな」

ははは、笑いながら朱禅と呼ばれた犬神が松から飛び降りてきた。

「ほんと、黒蘭と白王はよくけんかするよぉ。ほらほら、ちゃんと子供達に挨拶しないと。子供達、右から順に、北星《ほくせい》の黒蘭、西空《さいくう》の白王、そして東雲《しののめ》の蒼師殿だよぉ。で、この俺、南風《はえ》の朱禅を入れて、四連と呼ばれている。よろしくなぁ」

「は、はい。あの、あたしは天音です。蒼師様のおっしゃったとおり、あたしが姉です」

「あたしは妹の銀音です。よろしくお願いします」

「……千吉です」

よしよしと、犬神達は笑顔でうなずいた。

「みんな、かわいいではないか」

「そうね。特に、この千吉は鍛《きた》え甲斐がありそうな匂いがするわ」

「天音、銀音、俺と一緒に花摘みでもしないか？　きれいな花がたくさん咲いているところがあるのだ」

「いや、俺と一緒にのんびりしようよぉ。酒、はまだ飲めないだろうから、甘酒でも用意してやるよぉ」

「まあまあ、そう矢継ぎ早に話しかけるものではない。ここは長老たるわしが仕切らせてもらう。まずは……銀音や。おぬしから、もう一人、あやかしの匂いがする。そこにいるのは誰だね?」

「あっ！　忘れてた！」

銀音は急いで懐から付喪神の毛丸を出して、地面に下ろした。毛丸はぴょこんとおじぎした。

「ご挨拶が遅れて、申し訳ございません。手前は付喪神の……」

毛丸は名乗れなかった。そうする前に、四連が歓声をあげたのだ。

「なんと！　なんと好もしい姿をした付喪神であることか！」

「これはあれね、この付喪神と一緒に遊べという、姫様の思し召しね！」

「姫様に感謝しようよぉ！　なあ、蒼師殿！」

「そうじゃな！　それ、遊ぶぞ！」

誰よりもはしゃいだ様子で、蒼師は毛丸に飛びかかった。間一髪のところで、毛丸は蒼師の手を逃れた。

「な、何をするんで！　や、やめてください！　ひゃあああっ！」

「あははは っ！　逃げるか、こやつ！　いいぞいいぞ！　そうでなくては楽しくない！」

「あ、ずるい、蒼師殿！」

「独り占めはいけませぬぞ！」

「子供達、あんた達も一緒においで！」

「そうともさぁ。遊びは一緒のほうが楽しいからなぁ！」

なにがなんだかわからぬうちに、追いかけっこが始まってしまった。死に物狂いで逃げる毛丸を、楽しげに追い回す四連達。

千吉達は思わず鼓丸を振り返った。こんなことをしていいのかと問いかけてくるまなざしに、鼓丸は力なく笑った。

「言い忘れていましたが、四連の方々は全員、鞠遊びに目がないのです。丸い物を見ると、我を忘れて飛びついてしまわれるほどでして……」

なるほどと、子供達はうなずいた。

「じゃ、それを見越して、朔ノ宮は毛丸をここに来させたってことだ」

「はい。たぶん、月夜公様への嫌がらせですね。毛丸殿が月夜公様の分身と聞いたからだと思います」

「……ほんと月夜公のこと、嫌いなんだな。いや、そんなことより、俺達はどうしたらいいんだい？　まさか、一緒に毛丸を追いかけろって言うのかい？」

「あ、はい。ぜひそうしてください」

「………」

「ほらほら、そんな顔と匂いをしない！」

「だけど！」

「主の言葉は絶対なんです。四連の方々と一緒に遊び、全員と仲良くなる。それが新しい修業だと主が言ったのですから、従わないと。ほらほら、走って！」

「うん、わかった。ほら、千。行こう」

「行こう。追いかけっこよ。楽しそうじゃないの」

「……こんなの、どこが修業なんだ！」

「怒らないで、走るの！　待て待て、毛丸！」

双子に手を引っぱられ、千吉は怒りで顔を赤くしながらも足を動かしだした。

その夜、家に帰る時間になるまで、千吉と双子は犬神達と一緒になって、追いかけっこに励んだ。

犬神達は大声で笑いあい、本当に楽しそうだった。中でも、一番年長の蒼師は誰よりも熱心に毛丸を追い回し、その体力気力に子供達は驚くばかりだった。

一方、毛丸にとっては災難としか言いようがなかった。地獄の追いかけっこが終わった時には、丸い体はすっかりひしゃげており、息も絶え絶えのありさまだった。

東の地宮に戻ったあと、毛丸は月夜公にすがりつき、「今後何があろうと、自分を西の天宮には使いに出さないでくれ」と、おんおん泣きながら願ったという。

四

ひねくれた顔をしながら、千吉は握り飯を握っていた。飯粒がつぶれるほど力をこめているのは、怒りがおさまらないせいだ。

新たな修業と称して、四連《よんれん》と引き合わされてからひと月が経っていた。そして、この間にやったことと言ったら、とにかく四連の相手をすることだった。

鼓丸と一緒に台所に立ち、四連が喜びそうなものをこしらえては、三階に運ぶ。そして、彼らがそれを食べ終わったら、今度は碁《ご》や追いかけっこの相手をさせられるのだ。時には釣りや昼寝にも付き合わされた。

取っ組み合いのふざけっこもしょっちゅうで、それはたいてい、千吉が相手をさせられる。犬神《いぬがみ》達の取っ組み合いはなかなか激しいので、怪我こそしないものの、千吉は毎回泥だらけ、草の汁まみれになった。

もともと犬神は食べること、遊ぶことが大好きなのだというが、仮にも奉行所の重役であるはずの彼らが、こんなにのんびり過ごしていていいのだろうか。東《ひがし》の地宮《ちぐう》の烏天狗《からすてんぐ》達は、いつも忙しく働いているというのに。

初めは、「四連のそばにはりつき、彼らが術を使うのを見て覚えろ」という朔ノ宮の考えかと思った。だが、穴が開くほど見つめていても、四連は食べて遊んでくつろぐばかり。術を使うところなど、まだ一度も見せたことがない。

また朔ノ宮にだまされたのかと、千吉の中の怒りは膨《ふく》らんでいく一方だった。

と、千吉の眉間《みけん》のしわを、天音がつんつんと指で突《つ》っついてきた。

「またそんな顔しちゃって。朔ノ宮様やぽんちゃんに叱られるわよ?」

「……かまうもんか。俺が怒ってるって、わかってもらえるほうがいい」

「あんたが怒ってるのは、とっくに匂いで知られていると思うけどな」

「ふん。それなのに、また握り飯を二十個作れなんて言いつけてくるんだ。犬神の鼻も、たいしたことないんだろうな」

「そんなこと言わないのよ、千」

今度は銀音がおっとりとなだめてきた。

「そりゃ、あんたは不満だろうけど……でも、毎晩楽しいじゃないの。蒼師様に教えていただいて、あたしなんて、碁を打てるようになっちゃったし」

「何度も言うけど、俺は楽しみたいわけじゃない。強くなりたいんだよ！」

ぐいぐいと、いっそう力をこめて握り飯を握りだす千吉に、双子《ふたご》はそれ以上何も言わなかった。

そうして二十個の握り飯をこしらえたあと、子供らはそれを持って三階に向かった。

今では鼓丸に付き添われなくとも、自由に西《にし》の天宮《てんぐう》内を歩いていいことになっていた。だが、扉で閉ざされた階も多く、いつも三階と一階、そして朔ノ宮のいる七階を行き来するのみとなっている。

三階の扉を開き、中の庭園に入ったとたん、三人は四連に囲まれていた。

「握り飯かぁ！　ありがたいねえ。ちょうど小腹が減っていたところなんだよぉ。俺は塩むすびね。これ、酒にも合うんだよぉ」

「その梅干しは私がもらうから！」

「そう威嚇《いかく》しなくとも、誰も取りゃせんわい、黒蘭。あ、かつおぶしがあるの。こりゃわしのじゃ」

「俺は食えればなんでもいい」

わいわいとにぎやかに騒ぎ、ぶんぶんと嬉しげに尾を振りながら、四連はそれぞれ好きな握り飯をつかみとっていく。

だが、白王がふいに動きを止め、微妙な顔をした。

「……この握り飯、千吉が握ったものだな?」

白王に対しては何かとつっかかる黒蘭が、すぐさま言った。

「いちいち聞かなくてもわかるじゃないの。そんな怒りの匂いがしみこんだ握り飯、千吉以外にこしらえるはずがないもの」

「いや、匂いもそうなのだが、やたら重いのだ。見た目にそぐわず、二つか三つ分くらいの重さがあるぞ。さては相当力をこめて握ったな?」

そっぽを向く千吉に、白王は笑いながら大きな口で握り飯をばくりとやった。

「まあ、これはこれでうまいからよしとするがな。千吉、おまえもいい加減、今を楽しんだらどうなのだ? このひとときを大切にして、我らと楽しもうではないか。今宵《こよい》はまた一緒に歌でも詠まぬか? うむ。今宵こそ傑作が生み出せそうな気がするのだ」

「白王、あんた、その言葉を言うの、何度目だと思っているの? 千吉は私と釣りをするほうがいいに決まっているわ」

「いやいや、俺と昼寝はどうだい?」

「わしと追いかけっこがよかろう。のう、千吉?」

「……ご老体のくせに、蒼師殿はほんとお元気でいらっしゃるよぉ」

「こりゃ、朱禅！　ご老体とはなんじゃ！　わしゃまだまだ若い！」

「……こりゃ失礼しましたぁ」

四連のこうしたやりとりはいつものことなので、双子はおもしろがってころころと笑い声を立てた。

だが、千吉は笑う気にもなれず、ぶすっとしていた。

のんきで、ふざけちらしてばかりの犬神達。どうしようもない怠け者にしか思えない。彼らと仲良くなり、信頼を勝ち取れというが、それがいったい、なんの意味があるというのか。もう本当に朔ノ宮の弟子などやめて、月夜公を頼るとするか。

だんだんと気持ちがそう傾いてくるのを、千吉は止められなかった。

もうやめる！

その言葉が喉までこみあげてきた時だ。

ふいに、四連がさっとその場にひざまずき、頭《こうべ》を垂れた。それまで好き勝手にしゃべり、握り飯を頬張っていたのが嘘のような、じつにうやうやしげな様子だ。

いったいどうしたと驚いたところで、千吉ははっとした。

いつのまにか、朔ノ宮が彼らのそばに立っていたのだ。

蒼師が柔らかい声音で言った。

「姫様、ご機嫌麗《うるわ》しゅう。本日もじつにお美しくあらせられる。姫様が我らの長《おさ》であることと、我ら四連の誇りでございまする」

蒼師の言葉に、朔ノ宮はこれまた柔らかく微笑んだ。

「はは。蒼師はいつも蜜《みつ》のように甘いことを言ってくれるな。だが、その言葉、ありがたく受け取ろう。ところで、我が弟子達に命じて、握り飯を差し入れさせたのだが、気に入ってもらえたようだな」

「はい。おいしく頂戴していたところでございまする」

「それはなにより。それで、その握り飯の作り手のことはどう思う？　気に入ったか？」

朔ノ宮の口調はさらりと軽く、声に含まれたものは鋭かった。

思わず、千吉と双子はびくりと身を引きつらせた。だが、さらにぎょっとすることになった。

昼寝と酒に目がない朱禅。

誰よりたくましいくせに、雅《みやび》な芸事を好む白王。

四連の中で唯一の女犬神にして、釣り好きの黒蘭。

追いかけっこと碁をたしなむ蒼師。

今までとぼけた様子しか見せていなかった四連達が、がらりと雰囲気を変えたのだ。いずれも強い妖気を放ちだし、にやりと笑った口元から鋭い牙をのぞかせる。

いざとなれば、朔ノ宮の盾《たて》となり矛《ほこ》となって戦う者達なのだと、はっきりとわかる姿であり気配だ。

そして、その四連を当たり前のように従えている朔ノ宮は、確かに犬神一族の長であった。

朔ノ宮の問いに、四連はそれぞれ言葉を返していった。

「双子は素直で良い子達ですな」

「私も気に入りました。今のところは人の気配が強く、伸びしろはわかりませんけど」

「俺も好きですよぉ。なんでも一生懸命でかわいいし」

問題はと、犬神達の目が千吉に向いた。

「こっちの千吉ですが……一応、忍耐力はありますよぉ。心の中ではそれはもう激しく毒づいていたけれど、それでも口に出しては言わないようにがんばっていましたよぉ」

「でも、遊び心はないですね。釣りはもちろん、他の遊び事もいやいやでしたもの」

「花を愛でる心もないようで、至極残念ですな。正直、俺の相棒にはしたくない子だ」

「うん、確かに。俺も双子ちゃんのほうがいいですよぉ」

辛辣《しんらつ》な評価を下され、千吉は青ざめていった。

遊びを通して、まさか四連達がこんなことを考えていたとは。どうしよう。価値のないやつと判断されて、家に帰されてしまうのだろうか？　まだなんにも教わっておらず、なんの力も手に入れていないというのに。

激しく胸をざわつかせる千吉の前で、それまで黙っていた蒼師がゆっくりと言った。

「まあ、気難しいところはありますな。が、その一方で、じつに単純明快でもある。今も、考えがだだ漏れでございまする。これほど力に貪欲《どんよく》でございますから、きっと教えれば教えるだけ、強くなることは間違いないかと」

「それははなからわかっている」

朔ノ宮はきっぱりと言った。

「問題は、我らの術を教えるのに値するかだ。四連、そなたらは私の手足。この千吉をどう見定める？」

「わしは嫌いではありませぬ。姫様の弟子として、素質は十分かと存じます。ただ……教えこんでも、この子は姫様に忠義を尽くすことはありますまい。この子の唯一無二の存在は他にあり、その者のためとあれば、一切の迷いなく、姫様にも牙を剝くことでございましょう」

それが気がかりだと言う蒼師に、他の犬神達も無言でうなずいた。

千吉は反論しなかった。自分でもそのとおりだと思ったからだ。

もし、朔ノ宮が兄の弥助を傷つけようとしたら、自分はどんな恩義も忘れて、朔ノ宮を倒そうとするだろう。なんと言われようと、そこは絶対に譲れない。そんな自分は、やはり朔ノ宮の弟子としてふさわしくないと決めつけられてしまうのだろうか？

千吉が不安に駆られていると、いきなり四連が大きく笑いだした。

「まったく。この子は本当に匂いが読みやすいよぉ」

「その素直さは愛おしくも感じるがな」

「本当にね」

「姫様。まずは心を隠すことを教えたほうがいいかもしれませんな」

「……では、いいのだな？」

念を押す朔ノ宮に、四連は揃ってうなずいた。

「その子がもし、姫様に少しでも仇《あだ》なすことがあれば、我ら四連が体を張って食いとめればよいだけのこと」

「さよう。そのための我らでございまするゆえ、姫様はどうかお心のままに」

「そうですとも。お好きなようになさってくださいませ」

「でも、今後も時々はその子達をこっちに寄越してほしいですよぉ。いい遊び相手になってくれるんでねぇ」

「こら、朱禅！」

「なんだよぉ。白王だってそう思っているだろぉ？」

「お、思ってはいるが、今言うべきではなかろうが！」

ははは、と、朔ノ宮が明るい笑い声を立てた。

「わかった。そなたらがそう言うのであれば、私も安心だ。ご苦労だったな、四連。千吉、天音、銀音。ついておいで」

朔ノ宮にうながされ、三人は三階の庭園を出た。そのまま階段をあがり、朔ノ宮の自室へと招き入れられた。

まだこわばった顔をしている千吉に、朔ノ宮は優しく言った。

「そう恐れるな。そなたを破門にしようなどとは考えていないぞ」

「でも、俺、ううん、俺達のことを四連に見定めさせていたって……」

「そうだ。何度も言うが、彼らは私の手足。言わば、分身とも言うべき大切な者達だ。彼らの許しなくして、私が勝手にそなたらに犬神の術を教えるのは気が引けたからな」

「でも、師匠は犬神一族の長なんでしょう？」

「長だからこそ、勝手なふるまいは許されぬのだよ。力あるものは、それだけ縛りも多いのだ」

私のことは今はどうでもいいと、朔ノ宮は静かに言葉を続けた。

「我ら犬神は、遊び好きで、食いしん坊で、のんきな怠け者に見えることであろう。まあ、事実、そのとおりなところもある。だがな、心から他者を信用するようになるのにはとても慎重で、時がかかるのだ。誰にでも笑いかけ、ふざけかかるようでいて、実際には相手をよく見ているのだ」

「………」

「初めから四連に会わせなかったのも、まずは私の匂いをそなたらに移すことで、彼らがそなたらを受け入れやすくなるようにとの気配りだ。ことに千吉は、だいぶ心を尖らせていたからな」

「だって……いつまで経っても何も教えてくれないから……」

「だまされているのではと、やきもきしていたわけだな。まったく。私の言葉を疑うなと言ったではないか。少しは師を敬い、信用しろ。なかなか修業が進まなかったのは、そもそも千吉のせいなのだぞ?」

「えっ?」

「当たり前だろう。そんな不平たらたらの匂いをまき散らす弟子を、どうして素直に認められようか。言っておくが、天音と銀音だけであったら、もっと早く術の伝授を始めていたぞ」

ごちんと、千吉は頭にげんこつを食らったような気がした。

まさか、自分に原因があったとは。

思ってもいなかったことだけに、受けた衝撃は大きかった。

「……ごめん、なさい。天音と銀音も、ごめん。俺のせいで……」

「いいよ。あたし達は別に気にしてないから」

「そうそう。いっぱい四連の方々とも遊べて、楽しかったしね。ほらほら、顔を上げて。そんなしょぼくれた顔、千には似合わないってば」

「そうよ。いつも偉そうで、ふんぞり返って、人を見下した感じでないと、千らしくないわよ」

「……俺、そんな感じなのか?」

「気づいてなかったの?」

「弥助にいちゃん以外には、だいたい偉そうな態度よ?」

「………」

それは知らなかったと、千吉は少し反省した。その匂いをすばやく嗅ぎとり、朔ノ宮がにやりとした。

「ふむ。やっと少し素直になったな。よしよし。そうでなくては。では、そなたらに術を教えてやろう」

「ほ、ほんとに？　今度こそ本当に教えてくれるんですか？」

「そうだ。我ら一族の秘伝の術の一つを授けてやる。しっかりと学び取り、自分のものとせよ」

その夜、一つの術を、朔ノ宮は千吉達に教えた。

五

蒸し暑い夏の夜のこと、梅妖怪の梅吉は久しぶりに妖怪の子預かり屋、弥助の元を訪ねた。

身丈一寸半ほどの小さな体、青梅のような肌をした梅吉は、弥助とはとりわけ仲がいい子妖だ。今夜は、暇を持て余していたこともあり、久しぶりに弥助と遊ぼうと思い立ち、こうしてやってきたのだ。

「こんばんは！　弥助、いるかい？　梅吉だよぉ。遊びに来てやったよぉ」

小さな体にそぐわぬ大きな声で、梅吉は弥助の小屋に呼びかけた。

すぐに中から返事があった。

「梅吉か。開いてるから、入ってきな」

「うん」

戸を開けて中に飛びこんだとたん、梅吉は驚いた。弥助のそばに千吉がはりついていたからだ。

「あれ？　千吉がこの時刻にここにいるのって、珍しいね。今時分は西《にし》の天宮《てんぐう》にいるかと思ってたよ」

ぷいっと、千吉は無言でそっぽを向いた。

不機嫌そうな弟の頭を撫でてやりながら、弥助が代わりに答えた。

「そっちはちょっと休ませてもらっているんだよ」

「休ませてもらってる？　なんだい？　具合でも悪いのかい？」

「いや、具合じゃなくて、虫の居所が悪いんだ」

「え？」

きょとんとする梅吉に、弥助は苦笑いしながら、西の天宮での千吉達の境遇を話した。

はりきって毎晩通ったのに、なかなか修業らしいことをやらせてもらえなかったこと。四連《よんれん》と呼ばれる犬神《いぬがみ》達の遊び相手を務めたこと。彼らに認められたことで、朔ノ宮がようやく術を一つ、教えてくれたこと。

「でも、その術ってのが……なんというか、千吉のお気に召さなかったんだよ。なあ？」

「気に入るわけないよ！」

はじけるように千吉は大声でわめいた。千吉がこんな癇癪《かんしゃく》を起こすのは珍しく、梅吉はもちろんのこと、弥助も目を見張った。

「もうやってられないよ！　やっと術を教えてくれたと思ったら、なんだい、こんなの！全然役に立たない！　人のことを馬鹿にして！　ちくしょう！　ちくしょう！」

　地団駄踏んで悔しがる千吉を眺めながら、梅吉は弥助の肩によじ登り、怖々とささやいた。

「なあ……朔ノ宮様はいったいどんな術を千吉に教えたんだい？　こんなに千吉を怒らせるなんて……いったい、なんの術だったんだい？」

「……千香《せんか》の術ってやつらしい」

「せんか？　ん？　なんだい、それ？」

「梅吉も知らないか。心の中で思い描いた匂いを、体から立ちのぼらせることができる術なんだってさ」

「へえ、なにそれ！　おもしろい！」

　梅吉は目を輝かせた。

「いいじゃないか。思い描いた匂いを放てるなんて、おもしろいよ。おいらだったら、教えてもらったら嬉しいけどな。色々いたずらに使えそうだ」

「俺は別にいたずらしたいわけじゃない！」

千吉は噛みつくように言い返した。

「匂いを出せるようになって、なんになるって言うんだよ。弥助にいを助けるのに使えないんじゃ意味ないよ」

「じゃ、馬鹿馬鹿しいってことで、会得《えとく》はしなかったのかい？　もったいないなぁ」

「……会得はしたさ」

「じゃ、使えるのかい？　すごいじゃないか。やってみせてくれよ。肥やしの臭いとか、出せるかい？」

にやつく梅吉を、千吉は凍りつくような目で睨みつけた。

「……そうだな。梅妖怪をすりつぶした匂いなら、術を使わなくたって出せそうだ」

「……そんなおっかないことを、そんなおっかない顔で言うなよ。悪かった。からかって悪かったって」

慌てて謝ったあと、梅吉はごまかすように言った。

「それじゃ、双子《ふたご》は？　双子も同じ術を会得できたのかい？」

「いや、俺よりこつがつかめなくて、すぐにはできなかった。できるようになるまでがんばるって、天音と銀音はめげずに西の天宮に行ってる。けど、俺はもうやだ！　俺、しばらく西の天宮には行かない！　これだったら弥助にいのそばにいるほうがいい」

「わあ、すっかりすねちまってるなあ」

「そうさ。すねるさ！　当たり前だろ？　だから、梅吉は帰れ。しばらくここには出入り禁止だ」

「弥助を独り占めするってことかい？」

「言わなくたってわかるだろ？　そら、帰れって！　梅吉は今夜は預かりの子じゃないんだから」

「ひでえ……」

ぼやく梅吉に、弥助は「悪いな、梅吉」と謝った。

「とにかく、ずっとこんな調子でさ。玉雪《たまゆき》さんにすら、しばらく来るなって言ったくらいなんだよ」

玉雪は、毎晩のようにここにやってきては、子預かり屋を手伝ってくれる心優しい兎《うさぎ》の女妖《じょよう》だ。

その玉雪すら追い払ったと聞いて、梅吉は思わず弥助の頬を指で突《つ》っついた。

「なあ、弥助、もうちょっと千吉に厳しくしたほうがいいんじゃないかい？　こんなことばかり言わないように、しつけたほうがいいって」

「いや、でも、千吉も毎晩がんばってたしさ。このあたりで少し甘えさせてやったほうがいいかなと、俺は思ってるんだよ」

「……弥助もひでえ」

梅吉はあきれはてながら、弥助の肩から飛び降りた。

「わかったよ。帰るよ。まったく。なんだよ。せっかく遊びに来てやったのに。津弓がいたら、泣いてたぞ。そうなったら、月夜公が怒鳴りこみに来て、大騒ぎだ」

「いちいち文句つけずに、さっさと帰れって！」

「はいはい。帰りますよ！　べえっ！」

舌を出して、梅吉は去っていった。

満足したように千吉は弥助のあぐらの中に腰を下ろし、そんな千吉を弥助は軽くたしなめた。

「おい、千吉。ちょっと邪険にしすぎじゃないかい？」

「いいんだよ、あれくらい言ってやったほうが。梅吉はおしゃべりだから、今のことをあちこちで言いふらすに決まってる。そうなりゃ、妖怪達だって用もないのにやってくるのはやめるよ。よほど差し迫った理由がなけりゃ、子供を預けにも来ないと思う」

「……おまえ、なかなかの策士だなあ。ちょっと怖いぞ」

複雑な顔をする兄を見上げ、千吉はにこりと花咲くような笑顔となった。

「でも、これでしばらく二人きりだよ？　俺、嬉しいけどな」

「そりゃまあ、俺も嬉しいけど。……ま、そうだな。ここしばらくおまえは忙しかったし、二人でのんびり過ごすとするか」

「うん！」

兄を独り占めできると思うと、千吉は一気に機嫌がよくなった。

にこにこしている千吉に、弥助はちょっと申し訳なさそうな顔をしながら、「千香の術をやってみせてくれないか？」と切り出した。

「気に入っていないのは、百も承知だ。でも、梅吉じゃないけど、俺もどんな術なのか、知りたいんだよ。だから、その、いいかい？」

もちろん、弥助の頼みとあれば、千吉が断るわけがない。二つ返事で引き受けた。

「いいよ！　どんな匂いが嗅ぎたい？」

「そうだなあ。なんでもいいけど、俺が好きな匂いがいいな。お、そうだ。おまえが術で出した匂いを、俺が当てるっていうのはどうだい？　そっちのほうがおもしろいだろ？」

「わかった！　じゃ、やるよ！」

息をすうっと深く吸い、千吉は目を閉じた。そうして、術を教えてもらった時のことを、頭の中に蘇《よみがえ》らせていった。

千吉達を並ばせ、朔ノ宮はゆっくりと話した。

「千香の術は、自分が知っているものを匂いに変えて、誰かに伝えるものだ。そのためには、なによりもまず、伝えたいものを明確に思い描かなくてはならない。そのものの匂いはもちろんのこと、色、形、大きさ、手触りや味わい、全てをだ。術とはすなわち、自分の望みをいかに強く思い描けるかにかかっているのだ」

そう教えた上で、朔ノ宮は子供らにそれぞれ一房ずつ、自分の絹糸のような黒髪を与えた。

「そら。そなた達はもともと力不足だから、私の妖力を少し分けてやる。千香の術を使いたい時は、これを握りしめるといい。先に言っておくが、この髪は他のことには使えない。なんにでも私の力を引き出されては、かなわないからな」

「はい、朔ノ宮様！」

「わかりました！」

双子は元気よく返事をしながら、髪を受け取った。

だが、千吉は呆然としていた。

匂い？　やっと教えてくれると思ったら、匂いの術だって？　これはあまりに……人を馬鹿にしているのではあるまいか？

ほほうと、朔ノ宮が意地悪く声をあげた。

「千吉がまたぶつくさ文句を言っているな。役に立つのか、こんなもの、だと？　ふふん。言っておくが、そんなことを考えるのはまだ早い。役に立つかどうかより、そなた達が会得できるかどうかが先なのだからな。三人とも、今教えたとおりにやってみるがいい。どんな匂いでもいいから、私に伝えたいものの匂いを放て」

すぐさま双子は真剣な表情となり、何かを思い浮かべ始めた。

朔ノ宮はぴくぴくと鼻を動かして笑った。

「いいぞ、天音。かすかだが、ちゃんと菊の花の香りがしてきた。だが、もっと形や色をはっきりと考えるのだ。私の鼻をもってしても、これでは菊の花としかわからぬ」

「は、はい！」

「それと、銀音、そなたは集中力が足りぬ。かたつむりに、虹に、飴……。好きなものがたくさんあるのはいいことだが、今はあれこれ考えず、一つのものだけしっかり思い浮かべるのだ」

「はい！」

双子に声をかけたあと、朔ノ宮は意味ありげに千吉を見やった。

「それで？　そなたは何を私に伝えてくれるのだ、千吉？　それとも、大口を叩いておきながら、何もできないということか？」

ただでさえ鬱憤《うっぷん》がたまっていたところに、こんなことを言われてしまい、千吉の中で何かがぶつりと切れた。

伝えたいもの？　ああ、あるとも！　朔ノ宮にはこの匂いを贈ってやるぞ！

すぐさまあることを頭に浮かべながら、千吉はもらった朔ノ宮の髪をぎゅっと握りしめた。

その瞬間、「ぎゃっ！」と、朔ノ宮が悲鳴をあげて飛びすさった。

「千吉！　き、貴様！　よりにもよって、あやつの……なんて匂いを嗅がせるのだ！」

そう。千吉が思い浮かべたのは、朔ノ宮の天敵、東《ひがし》の地宮《ちぐう》の月夜公だったのだ。

あの時の朔ノ宮の顔ったらなかったなと、にやつきながら、千吉は懐《ふところ》に手を入れた。

朔ノ宮の髪はいつも懐に入れておくようにしていた。千香の術を使うことはなくとも、犬神一族の長《おさ》の一部を持っていることはなんらかのお守り代わりになるかもしれない。そう思ってのことだ。

朔ノ宮の髪は、しなやかで重みがあり、触れると水のように指にからみついてくる。それを握りしめながら、千吉は弥助が喜びそうなものを思い浮かべた。

「うおっ！」

突然漂ってきた匂いに、弥助は目を剝いた。

「こ、これは……鰻《うなぎ》か？」

「当たり！　よくわかったね」

「いや、犬神じゃなくても、鰻の匂いくらいは俺だってわかるさ。それに……確かに俺の好物だけど、こうも強く立ちこめるとなぁ」

複雑な顔をする弥助に、千吉は慌てた。

「ご、ごめん。喜ぶと思ったんだけど……いやだった？」

「いや、そうじゃないんだ。ただ……こんなうまそうな匂いを嗅がされちまうと、どうにも腹が減ってきて、せつなくなっちまう。……うーん。だめだ。こんな時刻だけど、千吉、なんか作って食べるか」

「いいね！」

かまどに向かう弥助を、千吉はいそいそと追っていった。

なにはともあれ、これからしばらくは兄と二人きりだ。このところ修業で甘えられなかったぶんを、しっかり取り戻さなくては。

兄と過ごせる時間を考えると、笑いが止まらぬ千吉であったのだが……。

その思惑ははずれた。

翌日の夜、一匹の妖怪が子供を預けに来たのである。


化け獺《かわうそ》のつお。

破れた大きな編み笠をかぶったその妖怪は、そう名乗った。

身の丈は千吉と同じくらいで、その体と同じほど長い尾をはやしている。全身、濡れたような焦げ茶の毛で覆われており、手足には水かきがあり、ひげだらけの顔はちょっととぼけた感じで、なにやら愛らしい。

つおは、子猫ほどの大きさの子供を腕に抱えていた。つおにそっくりだが、顔はずっとあどけなく、思わず抱きしめたくなるようなかわいらしさだ。母親にしがみついているところがこれまたかわいくて、弥助は笑いかけずにはいられなかった。

「かわいい子だね」

「ありがとうございます。ちお、と言います」

「ちお。ってことは、女の子かい？」

「あい。このとおり、あたしそっくりのべっぴんでしてねえ」

真面目くさった調子で言ったあと、つおは少し顔を曇らせた。

「ただ……うちの子、ちょいと足が悪いんです。生まれつきなんですけど、お医者の宗鉄《そうてつ》先生に見ていただいたら、薬でだいぶ良くなるだろうって。ただ、宗鉄先生はその薬も、材料になるものも切らしてしまっているそうでして」

そして、何かと忙しい宗鉄は、材料調達まではとても手が回らないのだという。それならと、つおは自分で材料を集めることにしたのだそうだ。

「全部集まったら、宗鉄先生のところに持ちこんで、薬にしてもらう約束なんです。もうほとんど揃っていて、残りはあと一つ。でも、それがある場所はちょっと危ない場所でしてねえ。だから、この子はここに置いていきたいんです。お願いできますか？」

「いいともさ。ここは子預かり屋なんだから、遠慮なく頼ってくれよ。で、預かるって、いつまでだい？」

「二日後の朝には戻れるかと。どんなに遅くなったとしても、三日後の夕暮れまでには迎えに来ます」

そう約束して、つおは子供を弥助に渡そうとした。が、ちおはなかなか離れようとしなかった。しっかりとしがみつき、きゅいきゅいと鳴き声をあげる。結局、弥助が引きはがさなくてはならなかった。

弥助の手の中でじたばたと暴れながら、ちおはせつない声をあげた。

「母ちゃん！　母ちゃん！」

「大丈夫だよ。ここの人達がちゃんと面倒を見てくれるからね。母ちゃんもすぐ戻るから。ね、良い子で待っておいで」

「やだやだぁ！　一緒に行くよぉ！　置いてかないで！　母ちゃん！」

子供のすがりつくような声に、つおはなかなかその場を動けない様子だった。

情に満ちた親子の姿に、弥助は胸が温かくなった。だが、このままではいつまで経っても、つおは出かけられないだろう。そこで、後押しの言葉を言ってやることにした。

「いいから行ってきなよ。そして、早く戻ってきてやりなって。この子の足を治してやりたいんだろ？」

「そ、そうですね。それじゃ、よろしくお願いします」

覚悟を決めたように、つおは小屋から飛びだしていった。残されたちおは、きゃあああんと高く鳴き、そのあとは力が抜けたようにすすり泣き始めた。

「よしよし。そう泣くなって。大丈夫。おまえのおっかさんは、きっとすぐ帰ってきてくれるさ」

ひくひく泣いているちおを抱っこしながら、弥助は千吉を振り返った。思ったとおり、千吉は苦虫を百匹もかみつぶしたような顔をしていた。

「千吉、そんな顔をするなよ」

「だって……昨日の今日で、客が来るなんて……」

「それだけ困ってたってことだろうさ。ほら、見てみろ。ちお、すごくかわいいぞ」

「ふん」

「やれやれ」

梅吉に言われたとおり、もう少し千吉に厳しくしたほうがいいだろうか？

ちょっと考えておこうと思いながら、弥助はちおを慰めにかかった。

一方、千吉はとにかく腹を立てていた。化け獺の子がどんなにかわいくとも、千吉にとっては兄との時間を台無しにする邪魔者でしかない。兄が嬉しそうな顔をして面倒を見ているところが、これまた癪《しゃく》に障る。

「とっとと用をすませて、とっとと迎えに来い。ぐずぐずしてたら……おまえの子を獺鍋にして食ってしまうからな」

心の中でつおに悪態をつきながら、千吉は弥助の腕の中で泣いているちおを睨みつけたのだった。

六

朝の気配が刻々と近づいてくる中、千吉は布団の中でいらいらと爪を噛んでいた。

隣では、兄の弥助がぐっすり眠りこんでおり、その腹の上では化け獺《かわうそ》の子ちおが、これまたぐっすり眠っている。

くうくうと寝息を立てている小さな子妖を、千吉は憎々しげに睨みつけた。

ちおが弥助達の小屋に預けられてから、七日が経っていた。本当なら二日か三日で終わるはずだった預かりが、四日間も延びているのだ。

母がいない寂しさを埋めるかのように、ちおは弥助にべったりだった。いつも弥助の肩に乗り、川魚を食べさせてもらい、母を恋しがっては弥助に撫でてもらう。夜は夜とて、弥助の腹の上で丸くなるのだ。

端から見れば、じつに微笑《ほほえ》ましい姿だったが、あいにくと、千吉の心に響くことはなかった。むしろ、腹が立ってしかたなかった。

弥助はちおをかわいがり、好物の川魚を獲りに、毎日せっせと近くの川に出かけていく。もちろん、千吉はついていくし、魚獲りも手伝っている。

が、その時ですら、二人きりにはなれなかった。

なぜなら、ちおのことを聞きつけた天音と銀音が、「あたし達も手伝う！」と、一緒についてくるようになってしまったのだ。

双子はちおを見た時から「かわいい！」と夢中になっており、せっせとその世話を手伝いたがる。双子の両親の初音と久蔵も、ちおの姿を見るために、暇を見つけては母屋から顔を出すほどだ。

兄を独占できないことに、千吉の怒りは頂点に達しようとしていた。

それもこれも、全てはちおの母親つおが悪いのだ。必ず迎えに来ると言ったくせに、何日も子供を預けっぱなしにし、おまけに便り一つ寄越さない。

こんな無責任な話があるものかと、千吉は怒っていた。できれば、「約束の期限は過ぎたんだから、もう預かれない」と、ちおを追い出してしまいたいくらいだ。

が、さすがにそれはできなかった。預かった子妖を怖がらせたり不安にさせたりすることを、兄の弥助は決して許さないからだ。つおが戻ってこないことも、弥助はまったく気にしていないようだった。

「遅れているのは、きっと薬の材料がまだ手に入らないからだろうさ。それで戻りたくても戻れずにいるんだろうよ」

千吉にだけでなく、弥助はちおにもそう言って聞かせた。母親がなかなか迎えに来ないことに、ちおがいっそう不安がるようになってきたからだ。

「大丈夫さ。おまえのおっかさんは必ず来るから。おまえだって、それはわかってるだろ、ちお？　なにより大事にされてるって、わかってるだろ？」

「くすん……やちゅけぇ……」

「よしよし。泣くなって。おっかさんのことは、ゆっくり待っていればいいさ。ほら、魚、食いな。小さく切っておいてやったぞ。それとも、抱っこがいいかい？　そうだ。また盥《たらい》に水を張ってやろうか？　今日はまだ行水《ぎょうずい》してないもんな」

「水がいい」

「よしよし」

生まれつき右足がちょっとねじれているちおは、泳ぎが苦手だ。だが、水は大好きなので、弥助は大きな盥に水を張っては、ちおをそこに入れてやっていた。

そして、弥助がまめまめしくちおの面倒を見るたびに、千吉はぐぬぬぬと唸った。ちおが妬《ねた》ましくて、どうにかなってしまいそうだった。

一刻も早く、つおに戻ってきてほしい。ちおを引き取り、さっさと帰ってほしい。

その一心で、昨夜は一晩中、気を張り詰めて、外からのちょっとの物音や気配すら逃さないようにしていたのだ。

だが、結局、昨夜もつおは来なかった。

「つおめ!……もう我慢できないぞ!」

千吉は自ら動くことを決めた。

やがて弥助が目を覚ました。

二人で朝飯を食べたあと、千吉は何気ない口調で切り出した。

「弥助にい、俺、ちょっと遊びに行ってきてもいい?」

へえっと、弥助は目を見張った。千吉が自分から遊びに行きたいと言うなど、とても珍しいことだったからだ。だが、許さぬ理由もないので、すぐにうなずいた。

「もちろん、いいぞ。俺はまた川に行ってるよ。昨日仕掛けておいた籠《かご》に、小鮒《こぶな》がかかっているかもしれないから」

「うん」

「おまえのことだから心配ないと思うけど、知らない人やあやかしについていくんじゃないぞ。どこかにむりやり連れて行かれそうになったら、思いきり大声をあげるか、じゃなきゃ月夜公を呼べ。おまえが叫べば、きっと駆けつけてくれるだろうから」

「うん」

「そこの棚に河童《かっぱ》の塗り薬が入っている。怪我したら、ここに戻ってきて、すぐにそれをつけるんだぞ」

「わかった」

「昼飯にはいったん戻ってこいよ」

「うん。それじゃ行ってきます！」

まだまだ弥助の言いつけは続きそうだったので、千吉は急いで小屋を飛びだした。

と、まるで見計らっていたかのように、母屋の障子《しょうじ》戸がさっと開き、天音と銀音が顔を出した。

「千、どこ行くの？」

「遊びに行くなら、連れてって！」

半妖《はんよう》のせいかはわからぬが、この双子《ふたご》はやたら鋭いところがあった。千吉がどこかに出かけようとすると、決まって勘づいて、「自分達も連れて行け！」とねだってくるのだ。

いつもはそれをわずらわしいと思う千吉だが、今回は好都合だと喜んだ。つおを捜すのに、人手は多いほうがいい。なにより、双子の顔を見たとたん、良い考えが浮かんできたのだ。

駆け寄ってくる双子に、千吉は言った。

「一緒に来てもいいけど、遊びじゃないぞ。妖怪捜しだ」

「妖怪って、誰のこと捜すの？」

「化け獺のつお。ちおの母親だよ。あいつ、全然子供を迎えに来ないんだ！　捜し出して、首根っこひっつかんででも、ここに連れてくる！」

息巻く千吉に、双子はああっと納得した顔となった。

「なるほど。千は弥助にいちゃんを取り戻したいってわけね」

「そうさ。それの何が悪いって言うんだ？　だいたい、全部つおが悪い。二日か三日の約束だったのに、だらだら長引いてて頭に来る」

「ちお、かわいいのになぁ」

「ねえ、千。言うだけ無駄だと思うけど、もう少し弥助にいちゃん以外のものもちゃんと見たほうがいいんじゃない？　世の中、きれいなもの、かわいいものがいっぱいあるのよ？」

「弥助にい以外、俺にはどうでもいいものばっかりだ」

「……やっぱり言うだけ無駄だったわね、銀音」

「わかってたことじゃないの、天音」

ため息をついたあと、双子はうなずいた。

「いいわ。とにかく千と一緒に行く」

「つおを一緒に捜してあげる」

「ありがとな」

「うわあ……千にお礼を言われるのって初めてね」

「なんか、気持ち悪いわねえ」

礼を言ったくらいで散々な言われようだったが、千吉はかまわず言葉を続けた。

「手伝ってくれるって言うなら、さっそく頼みたいことがあるんだ」

千吉は今思いついたばかりの考えを、双子に話した。

双子は承知し、すぐさま動いてくれた。


「絶対にいやです」

にべもなく断るのは、小さな犬神《いぬがみ》の鼓丸だ。双子に誘われ、西《にし》の天宮《てんぐう》を囲む白い森に行ったところ、そこで待っていた千吉に「化け獺の母親の匂いを追ってほしい」と頼まれたのだ。

愛らしい顔にしわを寄せる鼓丸を、千吉は両手を合わせて拝んだ。

「そう言わずに頼むよ、ぽん」

「いやです。なんですか、もう。主《あるじ》に教えられた術が気に食わないからって、しばらく顔を出しもしなかったくせに。それなのに、天音達を使って私を呼び出して、頼みごとをするなんて。図々しいにもほどがあるでしょう」

鼓丸の表情は硬かった。朔ノ宮に対する千吉の非礼を、心底怒っていたからだ。

だが、千吉も粘った。必要とあれば、土下座でもなんでもするつもりだった。全ては弥助と二人きりで過ごすため。そのためだったら、いくらでも卑屈《ひくつ》になれる。

「お願いだよ、ぽん。いや、鼓丸様。俺のところにいる化け獺の子が本当にかわいそうなんだ。帰ってこない母親のことを、すごく心配して恋しがっているんだよ。母親のほうも、もしかしたら帰りたくても帰れないような目にあっているかもしれない。だから、こっちから捜し出して、早く子供と会わせてやりたいんだよ」

横で聞いていた天音と銀音は肩をすくめた。なんとまあ、嘘八百を言うものだと思ったのだ。

そして、嗅覚の鋭い犬神相手に、この嘘はまったく通じなかった。

あきれたように鼓丸は言った。

「まったくのでたらめですね。千吉はその子のことなど、どうでもいいと思っているんでしょう？　どうしても母親を見つけたいという気持ちは、本当のようだけれど」

「…………」

黙りこむ千吉に加勢しようと、双子がさえずるように言った。

「ぽんちゃん、そのとおりよ。千はね、ちおが邪魔でしょうがないの。弥助にいちゃんがちおにばかりかまっているから、焼きもちを焼いているの」

「だから、早く母親のつおに戻ってきてもらって、ちおを連れて行ってもらいたいわけ。だからね、つおを見つけたいという気持ちは嘘じゃないのよ」

「どこまでも勝手な了ですね」

今にも唸りだしそうな形相になる鼓丸に、千吉は開き直り、本心をぶちまけた。

「ああ、そうだよ。俺はちおが邪魔でしょうがないんだよ。本当なら、俺と弥助にいだけで楽しく過ごすはずだったのに。ちおとつおのせいで、全部台無しだ！　迎えに来ない母親を、こっちから捜しに行ってやる。別に悪いことじゃないし、いいだろう？」

「悪いことではないですが、理由がとことん腐っています。結局は千吉のためじゃありませんか」

「そうさ。俺のためさ！」

いけないかと、千吉は鼓丸を睨みつけた。美しい顔立ちに凄みが加わり、鬼気迫るような気配を放ちだす。

いつもの鼓丸であれば、ふさふさの尾を股の間にはさんで、きゃんと怯えた声をあげていただろう。だが、今回ばかりは鼓丸は一歩も退かず、千吉に向かって小さな牙を剝き出しにした。

剣呑《けんのん》な雰囲気を鎮めようと、双子がさっと間に割って入った。

鼓丸をなだめるのは銀音にまかせ、天音は千吉にそっとささやいた。

「そう言えば、千、いつになったら西の天宮に戻るの？　朔ノ宮様、千のことを待ってらっしゃるわよ？」

「ふん。どうだかな」

「ほんとよ？　口では何もおっしゃらないけど、いつも千のことを気にかけている感じがするの」

「……それじゃ聞くけど、おまえ達、修業は進んだのか？　俺がいない間に、新しい術を習ったりしたか？」

「ううん。まずは千香《せんか》の術をしっかり覚えなさいって、繰り返しやらされている。あとは四連《よんれん》と遊んだり、ぽんちゃんとお菓子作りしているわ。月夜公様のところにも、けっこうお使いに行かされているわね」

「つまり、前と全然変わってないってことだろ？　俺が戻ったところで、同じことさ。師匠は俺達のこと、馬鹿にしてるんだよ」

「何を言うんですか！　主への無礼な言葉は許さないですよ！」

千吉に食ってかかろうとする鼓丸を、すかさず銀音が押さえこもうとした。だが、鼓丸は強い力でそれをはねのけ、千吉に詰め寄った。

「主には主のお考えがあるのです！　そうでなければ、わざわざ時を割いて、千吉達に術を教えたりなんかしません！　自分からねだったくせに、修業を途中で放りだしたりして、恥ずかしいと思うべきです！」

「でも、俺はもう千香の術は会得《えとく》したんだ！　会得したんだから、さっさと次の術を教えてくれるべきじゃないか！」

「はっ！　少し飲みこみがいいからって、天狗《てんぐ》になっていますね。会得したって言うけれど、はたしてどこまでできているか、怪しいものです」

「なんだと！」

怒りで顔を赤くする千吉に、鼓丸はふいに冷静なまなざしをくれた。

「それじゃこうしましょう。千香の術を使って、捜してほしい化け獺の匂いを私に教えてください。私はその匂いを追います。もし、化け獺にたどり着くことができたら、千吉が本当に千香の術を会得したということで、主に取りなしてあげます。もっと別な術もどんどん教えてあげてくださいって、頼んであげます」

「もし、つおを見つけられなかったら？」

「その時は、千吉の術が未熟だったということで、主にわびに行ってもらいます。死に物狂いで謝って、今度こそ絶対に逆らわずに主に従うと、誓ってもらいます。それでどうです？」

「俺の術云々じゃなくて、ぽんの鼻が鈍っているせいで、つおを見つけられないこともあるんじゃないか？」

「そういうのを侮辱と言うんです。仮にも犬神相手になんてこと言うんですか！　今度言ったら、噛みますよ！……いやなら、この話はなしです。自分の足で捜し回ればいいでしょう」

そっけなく言う鼓丸に、千吉はうなずいた。

「わかった。それでいいよ」

「じゃあ、とっとと始めましょう。そのつおというあやかしを最後に見かけたのは、人界なのですね？　なら、人界へ行かなければ」

すぐさま大扇《おおおうぎ》を呼びよせ、飛びのろうとする鼓丸に、双子が慌てて飛びついた。

「ちょっと待って、ぽんちゃん！」

「そうよ！　その姿じゃだめ！　珍しい獣《けもの》と思われて、捕まってしまうかも。そうなったら、見世物小屋に放りこまれてしまうわよ」

それもそうだと、千吉もうなずいた。

「確かにその姿は人界じゃ目立つよ。……衣を脱いで、ただの犬になりきることはできないか？」

「……あなた達、私のことを見くびりすぎていますね」

鼓丸は深くため息をついた。

「これでもあなた達の兄弟子です。あなた達よりは術だって知っているんです。大丈夫だから、ほら、乗ってください。行きますよ。夜になる前に、私は西の天宮に戻らないといけないので」

そうして千吉達を乗せ、鼓丸は大扇を操り、人界へと向かった。

降り立ったのは、千吉達の住まいの近くにある古い墓場だ。ここなら墓参りに来る人間もめったにいないので、人目につきにくい。立ち並んだ墓石も、うまいこと子供らの姿を見えにくくしてくれるというわけだ。

そして、大扇から飛び降りるなり、鼓丸はその姿を変化《へんげ》させた。ふくふくの狸《たぬき》のような姿から、一瞬にして、きゃしゃで小柄な小坊主となったのだ。まとっていた白い衣も、黒い法衣に変わった。

いきなりの変化に、子供らは絶句した。が、我に返るなり、双子は悲鳴のような声をあげた。

「やだ！　ぽんちゃんったら、がりがり！」

「しかも、つるつるじゃないの！　こんなの、ぽんちゃんじゃないわ！　なんで、よりにもよって小坊主なの！　もっと別の姿になってよ」

「いやですよ」

「なんで！」

「だって、私はこの姿が気に入っているんです」

鼓丸はきっぱりと言った。

「私の毛はけっこう大変なんです。手入れを怠《おこた》ると、すぐにからまったり、ばちばちと、小さな雷を宿したり。だから、変化の時くらいは、毛のない姿になりたいんです」

「そんなぁ……」

「それじゃ、せめて、もうちょっとふっくらした姿になれない？　なんだか、ぽんちゃん

らしくなくて、変な感じ」

「……これも何度も言っていますけど、私が丸っこく見えるのは毛のせいであって、中身は痩せているんです！」

「でも、いくらなんでも、そんながりがりじゃ、あんまりよ！」

「そうよそうよ！」

文句が尽きない様子の双子を、千吉はさえぎった。

「見た目なんてどうでもいいだろ？　邪魔をするなら、おまえ達は帰れ。俺はさっさと始めたいんだ」

「今回ばかりは私も千吉に同感です」

「むうぅっ！」

「ぶううっ！」

ふくれっ面をしながらも、双子は黙った。

やっと静かになったと、千吉と鼓丸は向き合った。

「それでは始めましょう。千香の術で、私に化け獺の匂いを教えてください」

「わかった」

息をすうっと深く吸い、千吉は目を閉じた。懐《ふところ》に手を入れ、朔ノ宮の髪束に触れながら、化け獺つおのことを思い浮かべた。

つお。背丈は自分と同じくらいで、長い尾をはやしていた。焦げ茶の毛並みは濡れたように光り、水の匂いをまとっていた。黒い手足に、柔らかそうな水かき。目は小さく、むにゅっとした口周りには固そうな白いひげがたくさんはえていた。かぶっていた編み笠はぼろぼろだった。

編み笠の破れ目まで思い出しながら、千吉はぎゅっと朔ノ宮の髪を握りしめた。

その瞬間、千吉の前にいた鼓丸が、ふうっと、大きく息を吸いこんだ。そして目を閉じ、独り言をつぶやきだした。

「なるほど。……なるほど。化け獺。たぶん、二百歳くらい。まだ若いけれど、とても情深い。母親。子供のことだけを想っている。足の悪い我が子を案じている。……この母親が何日も便りも寄越さず、子供を放りだしていくのは……確かにあり得ないですね」

はっと、千吉は目を開けて、まじまじと鼓丸を見た。ちおの足が悪いことは、鼓丸には伝えていないことだったのに。千香の術で醸《かも》し出された匂いから、そこまでのことを嗅ぎとったのかと、千吉は初めて鼓丸に畏敬《いけい》の念を覚えた。

それがまた鼓丸に伝わったのだろう。鼓丸はどことなく得意そうな笑みを浮かべて言った。

「千吉も、なかなかどうして、たいしたものです。主の教えをちゃんと覚えていたわけですね。おかげで、つおの姿が私にも見えました」

「見えた？」

「はい。我ら犬神は匂いで姿形や色も見るのです。ともかく、つおの匂いはもう覚えました。あとはそれを追えばいいだけです」

「簡単そうに言うんだな」

「簡単なことですから」

自信たっぷりに言って、鼓丸はふたたび大扇を広げた。

子供らを乗せたあと、鼓丸は大扇を上昇させた。そうして人目につきにくいぎりぎりの高さを保ったまま、滑るように大扇を飛ばし始めた。

江戸の町は、空の上から見ると、まるで一枚の錦絵《にしきえ》のようだった。

たくさんの水路に長屋や武家屋敷、壮大な江戸城、砂粒ほどにしか見えない人々。

見たこともなかった江戸の光景に、双子はきゃいきゃいと楽しげな笑い声を立てた。

だが、千吉は景色には目もくれず、鼓丸のことをじっと見ていた。

匂いに集中するためか、鼓丸はまた目を閉じて、鼻だけをうごめかせている。その顔はあいかわらず自信に満ちているから、つおの追跡は順調ということだろう。

これなら今日の昼飯前に、つおを見つけられるかもしれないと、千吉は期待に胸を高鳴らせた。

そうこうするうちに、にぎやかな町並みは徐々に田んぼや畑の風景へと移っていき、やがては森や山々の姿へと変わっていった。

と、初めて鼓丸が目を開いた。つぶらな瞳は驚きと困惑で揺れていた。

「そんな……馬鹿な……」

「どうしたんだ、ぽん？　つおの居場所がわかったのかい？」

さっそく声をかける千吉を無視し、鼓丸は一気に大扇を下降させた。

降り立った先は、深い山の中の、大きな池の前だった。池の水は濁《にご》っており、ぬるりと生臭い藻《も》の匂いが立ちこめていた。なんだかいやな気配がすると、千吉も双子もぞくりとした。

そして、鼓丸はそれまでのすまし顔をかなぐり捨て、地面に這いつくばるようにして匂いを嗅ぎ回りだした。

「ここはつおの住まい。匂いが強いから間違いない。火の玉のような木の実、青い苔《こけ》と黒い茸《きのこ》……これらはどこか遠くから、つおが集めてきたもの。一番新しい匂いは、夜叉蝙蝠《やしゃこうもり》の涙……この涙を手に入れて、つおは一度、ここに戻ってきたんですね。でも、これは血……やっぱり血だ。ああ、四日前の夜だ。つおは怪我をした。……鉄器によって傷つけられた。ここで倒れて……ああ、捕まってしまったようですね」

「捕まった？」

千吉達はそろって声をあげた。

「そんな！」

「いったい誰に？　誰がそんなことを？」

「ちょっと待ってください。今嗅いでいるんですから……人間。五人。うち一人が呪術師か拝み屋ですね。あやかし封じの道具を持っている。……ああ、暴れるつおを殴った。そして、封印してしまった！」

ひどいと、まるでその場を見ているかのように、鼓丸は悲鳴をあげた。

「勝ち誇った匂い……。悪意……はない。つおを封じた道具を持ち去っていく。ああっ！　ああっ、ひどいひどい！」

「お、落ちつけ、ぽん！　それじゃ、つおは人間に捕まったんだな？　間違いないんだな？」

「は、はい。間違いないです。だから戻れなかった。子供のところに、戻りたくても戻れなかったんです！」

こうしてはいられないと、鼓丸はぱっと大扇に乗った。

「すみません！　私だけで西の天宮に戻らせてもらいます！」

「えっ！　ちょっと待ってよ、ぽんちゃん！」

「あたし達を置き去りにする気？」

「はい。そうさせてもらいます！　今は一刻も早く主のところへ戻らなくてはならないので。三人を乗せていたら、そのぶん、飛ぶのが遅くなってしまう。大丈夫です。また迎えに来ますから、しばらくここにいてください。動かないで。いいですね！」

慌ただしく叫ぶなり、鼓丸は飛び去っていった。

七

残された子供らは顔を見合わせた。

まず口を開いたのは天音だった。

「信じられない。ほんとに置いてきぼりにされちゃった……ぽんちゃん、ひどい」

「ほんとよね。……ねえ、千。これからどうする？」

「じっと待つのは性に合わない」

きりりとした表情で、千吉は迷いなく言った。

「ぽんが戻るまでの間に、俺達でつおのことを少しでも調べておこう。つおを封印した道具を持ち去ったって、ぽんは言っていただろ？　つまり、その道具は持ち運びできるほどの大きさってことだ。どこに持って行ったかわかれば、俺達でつおを助けることもできるかもしれない。そして、つおが自由になれば、弥助にいも自由になれる！」

「……あんた、ほんとに弥助にいちゃんからちおを引き離したいのねえ」

「そこまで行くと、もう天晴《あっぱ》れって感じねえ」

あきれながらも、双子《ふたご》は千吉の言葉に同意した。

「いいわ。ここでただ待っているのも退屈だし、あたし達としてもつおが心配だし」

「でも、どうする？　あたし達はぽんちゃんみたいに鼻が利かないから、匂いをたどることはできないわよ？」

「捜せば、足跡くらい見つけられるかもしれない」

「でも、四日も前のことなんでしょ？　足跡が残っているとは思えないわ」

その時だ。三人はぴくっと体を引きつらせた。

誰かが向こうからやってくる。まだ姿も見えず足音も聞こえないが、そういう気配がする。

三人はさっとしゃがみこみ、目と目を見交わしあった。

「どうする？」

「悪いやつだったら、いやよ。怖いもの。隠れましょうよ」

「でも、もしかしたらこのあたりに住んでいる人で、つおのことを何か知っているかもしれないわよ？」

「そうだな。手がかりになるかもしれない。……俺が近づいて、話を聞いてくる。おまえ達はどこかに隠れていろ」

そう言って立ちあがろうとする千吉の袖を、双子はつかんで引き止めた。

「待って！　だめだめ！」

「そうよ。だめよ！」

「何がだめだって言うんだ？」

「千みたいな子が近づいていったら、かえって警戒されるってことよ」

「銀音の言うとおりよ。千の顔って、怖いほどきれいなんだもの。態度だって偉そうで、全然子供っぽくないから、あやかしだと思われちゃうかも」

「そうそう。だから、あたし達が行くわ」

だめだと、千吉はかぶりを振った。

「おまえ達のほうがもっとだめだ。山の中で、そんなきれいな着物を着ている双子に出くわしてみろ。まず相手は怪しむぞ」

「でも、あたし達のほうがかわいく愛想良くできるもの」

「やろうと思えば、俺だって愛想良くするくらいできる」

「無理無理無理！　絶対無理だって！」

「無理じゃない。そら、見てろ」

そう言って、千吉は足元の濡れた土をつかみとるなり、ぐしぐしと顔にこすりつけた。たちまち、白い肌が汚れて、本来の美しさが隠されていく。

「これなら文句はないだろ？　いいから、俺にまかせておけって」

千吉は双子に待っているように言い捨て、さっとすばやく走りだした。

そうして茂みをかきわけたところ、四十がらみの女に出くわした。木こりか猟師の女房なのだろう。野良着をまとった体はがっちりとしており、そだを入れた重そうな籠《かご》を軽々と背負っている。

千吉はすかさず話しかけた。

「あ、よかった。人がいたよ。ね、おばさん。ちょっと聞きたいんだけど、この近くに池か川はあるかい？　おいら、このとおり汚れちまったから、水で泥を落としたいんだよ」

千吉はいつもよりもずっと甘ったれた口調で言い、さらにとどめとばかりににっこりと笑いかけた。

たとえ、泥で汚れていようと、子供の笑顔というものは大人の心を柔らかく解きほぐすものだ。

女はすぐに笑い返してきた。

「おやまあ、いきなり飛びだしてきたから、獣《けもの》かと思ったよ。見かけない子だね。どこから来たんだい？」

「おいら、旅の薬草売りの子なんだ。今日はこの山に、兄ちゃんと薬草を採りに来たんだよ。でも、転んで、このありさまさ。だから、水がほしくて」

「そうかい。それは災難だったね。すぐ近くにね、池はあるんだけど、あそこは近づかないほうがいいよ。化け物の住み処だった場所だからね」

「化け物？」

「そうさ。嘘じゃないよ」

女の顔が少しこわばった。

「前々からね、そこの池は変なものがいるって言われていたのさ。夜になると、池の上を青い鬼火が飛び交うし、編み笠をかぶった大きな獣が魚を食べているのを見た人だって、何人もいる。水の中から子守歌が聞こえてきたこともあったらしいよ」

「ふうん」

あの池は、つおの住まいだと鼓丸は言っていた。きっと、子守歌というのも、つおが子供のちおに歌ってやっていたものに違いない。

「でも、ちょっと不気味だっただけで、別にそいつが悪さするとかはなかったんだよね？」

千吉の言葉に、女は顔をしかめた。

「悪さはしなかったけど、化け物がいるってだけで気持ち悪いじゃないか。だから、うちの村の者は昼間でもなるべくその池に近づかないようにしていたのさ。でも、やっと安心できるようになったよ。数日前にね、うちの村にたまたま拝み屋さんが来てくれたんだよ。旅の途中で通りかかっただけだったんだけど、すごく親切でね。池の化け物のことを聞くなり、封印してくれるって話になったのさ」

その拝み屋の腕は確かだったという。数人の村人達を引き連れて池に向かうなり、なにやら呪文を唱え、すぐさま池の中から化け物を引きずり出したというのだ。

「村の若いの達が口を揃えて言ってたよ。すごかったって。呪文で化け物を引っぱり出してさ、暴れているのをものともしないで、ばしばしとお札をはりつけて、最後は鉄の数珠《じゅず》でばーんって殴り飛ばしたんだって。で、ふらふらになった化け物を見事に封印しちまったんだそうだよ」

「……そうなんだ」

化け獺《かわうそ》つおに腹を立てていた千吉だったが、これを聞くと、さすがにつおが気の毒になった。鉄の数珠で殴られるなど、さぞ痛かったことだろう。

だが、その気持ちを顔に出すことなく、わざと感心したように言った。

「すごいねえ。でも、封印したって、何に？　箱とか檻の中に閉じこめたのかい？」

「いいや、もっと小さなものさ。きれいな水晶玉だよ」

「……それ、拝み屋さんが持って行っちゃったのかい？」

「ううん。うちの村の神社にあるよ。むやみやたら持ち運ぶと、封印が破れることがあるからって、拝み屋さんが置いていったのさ。化け物が出てこないよう、祠《ほこら》の中に水晶玉を入れて、鉄の鎖で周りを囲んである。魔物は鉄を嫌うって、拝み屋さんが教えてくれたからね」

「神社の祠の中か……。うん、それならきっと大丈夫だね」

「そうともさ。おっと、長々話してしまったけど、とにかくね、化け物の住んでいた池の水なんかで顔を洗わないほうがいい。ちょっと離れたところに川があるから、そこまで連れてってあげるよ」

親切に言ってくれる女に、千吉はにこりと笑い返した。

「ごめん、おばさん。俺、もう行かなくちゃ。顔洗いたかったけど、そろそろ行かないと、兄ちゃんが心配しちまう」

「そうかい？　それなら、気をつけて行くんだよ。達者でね」

「おばさんもね」

女と別れたあと、千吉は軽やかに少し離れた茂みへと飛びこんだ。

そこには天音と銀音が身をかがめて隠れていた。千吉を待てず、ここまでやってきたらしい。

だが、二人は目の玉が飛び出んばかりの顔をしていた。その形相に、千吉はぎょっとした。

「ど、どうした？　何かあったのか？」

「…………」

「天音。銀音も。いったい、どうしちまったんだよ？」

「……どうもこうも、あんたのせいよ、千」

「俺？」

「そうよ。ああ、びっくりした。あんた、あんなふうに笑うことができたのね」

「……なんだ、そんなことか」

心配して損したと、千吉はむっとしながらも答えた。

「あの人を弥助にいだと思って話したんだ。そうしたら、自然と笑顔になれたんだ」

「あ、なるほどね」

「そんなことより、今の話を聞いてたなら、もうわかるよな？」

「うん」

双子は顔をひきしめてうなずいた。

「つおは水晶玉の中に封印されてるのね」

「そして、その水晶玉は、あのおばさんが住んでいる村にあるのね」

「そういうことらしい。これから俺、その村を捜して、忍びこむ。おまえ達はどうする?」

双子の答えは決まっていた。

八

女の足跡をたどり、子供達は割とすぐに村を見つけることができた。

三人はまずは近くの高い木に登り、村の様子をうかがった。

山々の谷間に作られたその村は、のどかそのものだった。夏の日差しが降りそそいでいても、なみなみと水を張った水田は涼しげで、青々とした稲が風に遊ばれ、まるでさざ波のように揺れている。

人々はせっせと畑仕事に励み、それぞれの藁葺《わらぶ》き屋根の家々からは煙が立ちのぼっている。小さな子供達が駆け回って遊んでいるのも見えた。

と、天音がはっと息をのんだ。

「あそこ！　ほら、奥の一番大きな家の、もっと後ろを見て！　あれ、鳥居《とりい》じゃない？」

天音が指差す方向に、千吉と銀音も目をこらした。

確かに、村の奥のほうに赤い鳥居らしきものが見えた。あそこが神社だとすれば、祠《ほこら》も当然あそこにあるに違いない。そして、中にはつおを封印した水晶玉が納められているはずだ。

「どうする、千？」

「ここまで来たんだ。もちろん、あそこまで行くさ。おまえ達は待ってろ……って言っても、どうせ聞かないんだろ？」

「当たり前のこと、なぜ聞くの？」

「だよな」

ため息をつく千吉に、双子は自信たっぷりに言った。

「心配しないでよ。千に迷惑はかけないわ」

「そうよ。絶対に誰にも見つからないって、約束する。あたし達が忍び足が得意だって、千も知っているでしょ？」

「そうそう。あの母様の目をかいくぐって、何度も台所でつまみ食いをしてきたあたし達なんだから」

「……そうだな。信用するよ。ほんとは夜になるのを待って、暗くなったところで忍びこむほうが楽なんだけど……」

「だめよ」

千吉の言葉をさえぎるように、天音が言った。

「夜まで待つなんて、だめ。家に帰るのが遅くなったら、父様と母様が心配するもの」

「あたし達、父様達に心配かけたくないの。……この前さらわれた時はすごく泣かれて……あんな父様達の顔、二度と見たくない」

泣きそうな顔をする双子に、千吉はうなずいた。

「俺だって、弥助にいに心配かけたくない。昼飯には戻るって言ってあるんだ」

「なら、決まりね。今行きましょう」

「ああ」

千吉達は木から降りて村に向かった。もちろん、中を突っ切っていくような無茶はせず、村と山の境にあたる部分をなぞるようにして進んだ。少々遠回りにはなるが、いざとなれば、すぐに木立に身を隠せるし、一番確実なやり方だ。

そして、ようやく奥にあった鳥居が見えてきた。やはり神社で、鳥居の向こうには小さな祠が建っている。

千吉は双子を振り返った。

「俺が行く。おまえ達は見張りを頼む。誰かこっちにやってきそうだったら、梟《ふくろう》の鳴き真似をして知らせてくれ」

「わかった」

「気をつけてね、千」

「大丈夫さ」

人が近くにいないこと、誰も見ていないことを確かめてから、千吉はそれっとばかりに祠に駆け寄った。ありがたいことに、祠の扉に鍵はかかっていなかった。

そうして扉を開けてみたところ、中には無骨な鉄の鎖があった。鎖はまるで蛇のとぐろのように巻いてあり、その中心には小さな白い珠《たま》が置かれていた。

「これか！」

千吉はさっと手を伸ばした。

もしかしたら、目に見えない術がかけてあり、こちらの指を弾いてくるのではないか。少し身構えもしたのだが、そんなことは全くなく、あっさり珠に触れることができた。

珠は氷のように冷たく、そして妖気があった。手のひらから伝わってくるそれは、間違いなく化け獺《かわうそ》つおのものだった。

やはりつおはこの中にいるのだと、千吉は珠をしっかり握り直し、双子達が隠れている茂みへと駆け戻った。

「取ってきたの？」

「ああ」

短く言葉を交わしたあとは、子供達はひたすら走った。できるだけ村から遠ざかる。そのことだけを考えて、山の中を駆けていった。

猿のように身軽な千吉に負けまいと、双子はずいぶんがんばった。が、ついに銀音が音をあげた。

「も、もうだめ！　走れない！」

「わかった」

子供らは足を止め、息を整えた。

草の汁や泥で汚れてしまった着物を見て、天音が悲しげにつぶやいた。

「汚れちゃった。この前、父様に見立ててもらって、仕立てたばかりなのに」

「いいじゃないか。久蔵さんはおまえ達に着物を買ってやるのが大好きなんだから。新しい着物がほしいって言ったら、逆に大喜びするんじゃないか？」

「そうだけど……問題は母様よ」

ぞっとしたように天音がつぶやけば、銀音もぶるっと身を震わせた。

「これを見たら、きっと怒るわね。また無茶をしたんでしょうって、がみがみ言われそう」

「でも……そんな無茶な真似はしてないわよね、今回は」

「そうよね。ね、千、母様があたし達を叱ってきたら、千のほうからもそのことを言ってくれない？」

「いつもあたし達が千を庇《かば》ってあげてるんだから、たまにはそっちもやってよね」

だが、千吉は双子の言葉などもう聞いていなかった。じっと、祠から取ってきた珠を見つめていたのだ。双子も口を閉じ、珠をのぞきこんだ。

大きさはどんぐりほど。骨のように白く濁《にご》り、だが、かすかにまたたきを繰り返している。まるで閉じこめられた化け獺が悲鳴をあげているかのようだと、千吉は思った。

双子がかすれた声でささやいた。

「それが……封印の珠なの？」

「水晶って、あのおばさんは言っていたけど……真っ白で、まるで白珊瑚《さんご》みたいね」

「そうだな。きっと、つおを閉じこめたことで、濁ったんじゃないかな。……この気配、間違いなくつおのだ。ここにいるんだよ」

「かわいそうに。こんな小さな珠の中に閉じこめられるなんて、さぞ苦しかったんじゃないかしら」

「せめて、封印されている間は、眠っていてくれたらいいわね。何も感じずにすむもの。

……これからどうするつもり、千？」

「この珠を割る」

千吉は迷いなく答えた。

「中につおがいるのは確かなんだ。だったら、このままにはしておけないだろ？　この珠を割れば、封印が壊れて、つおは出てこられると思うんだ」

だが、双子はそろって渋い顔をした。

「……あたしは反対」

「あたしも。勝手に割って、中にいるつおが傷ついたらどうするの？」

「その珠はぽんちゃんに渡すべきだと思うわ。そうすれば、ぽんちゃんは朔ノ宮様に渡すでしょ？」

「そうよ。朔ノ宮様なら絶対につおを助けられるもの。ね。そうしましょうよ、千」

朔ノ宮の名を聞き、千吉は激しく言い返した。

「ぽんも師匠もここにいないじゃないか！　言っとくけど、俺は修業の時みたいに長々待つ気はないからな」

そう言って、千吉は足元にあった大きな石をつかみとり、振りかぶった。

だが、振り下ろさんとした、まさにその時、石を握った手を、ぎゅっと強い力でつかまれたのだ。

振り返れば、そこに朔ノ宮がいた。その後ろには、犬神《いぬがみ》の姿に戻った鼓丸も控えている。

固まる千吉に、朔ノ宮はからかうように言った。

「本当にそなたはせっかちな子だ。もう少し辛抱《しんぼう》というものを学ぶことだな」

「し、師匠……」

「ほう。まだ私を師匠と呼ぶということは、弟子であることをやめたわけではないというのだな?」

「…………」

「まあ、いい。その話はあとだ。色々言いたいことはあるが、とにかく、その珠を村から持ち出したのはお手柄だった。おかげで、ずいぶんとこちらの手間が省けた」

ほがらかな口調から一変して、朔ノ宮は厳しくりりしい声となった。

「さ、その珠を渡せ、千吉。あとはこちらで片付ける」

千吉は素直に珠を渡した。朔ノ宮には山ほど不満がたまっていたが、こと妖力の強さに関しては、心の底から信頼していた。

今すぐにでも封印を壊し、つおを助けてくれるに違いない。

その瞬間を、千吉と双子は待ちかまえた。

ところがだ。

朔ノ宮は受け取った珠を紫色の袱紗《ふくさ》に包むなり、それを懐《ふところ》に入れてしまったのだ。

「よし。みんな、西《にし》の天宮《てんぐう》に戻るぞ」

「えええっ！」

「なんだ？　そろいもそろって、そんな変な声をあげて。どうかしたか？」

不思議そうに言われ、子供達はますます戸惑った。

「だって……珠をしまっちゃったから」

「ここでつおを出してあげないんですか？」

「ああ。西の天宮にいったん戻ってから、封印を解くつもりだ」

「その封印って、そ、そんなに強いものなんですか？」

ふんと、朔ノ宮は鼻で笑った。

「馬鹿を言うな。こんな封印、鼻息一つで壊せるとも。問題は壊したあとのことだ」

「あと？」

「そうだ。……千吉が珠を割らずにすんで、幸いだった。そうなる前に、私達が間に合ったのは、本当に運が良かった。そのことを、千吉、あとで思い知るだろう」

朔ノ宮の、じっとりと重みのある声音に、双子はもちろんのこと、千吉すらもなにやら背筋が寒くなった。

と、朔ノ宮がにやりとした。

「いい機会だ。そなた達に、我らの天宮の本当の役目を見せてやろう」

戻るぞと、朔ノ宮は袖を一振りした。その動きから生まれたかすかな風。それを肌に感じた次の瞬間、千吉達は西の天宮にいたのであった。

九

一瞬の移動に、心と体がついていかず、千吉と双子《ふたご》は少しぼうっとしていた。

が、朔ノ宮は時を無駄にできないと言わんばかりに、鼓丸にてきぱきと命じた。

「四連《よんれん》を呼べ、ぽん。潔斎《けっさい》だと伝えろ」

「はい！」

「私はこの三人を連れて、先に泉の間に行っている」

「かしこまりました。できるだけ早くと、四連の方々には伝えます」

びゅんっと、すっ飛ぶような勢いで鼓丸は駆けていった。

「よし。そなた達、ついておいで」

早足で歩きだす朔ノ宮を、子供らは慌てて追いかけていった。

着いた先は、これまで千吉達が足を踏み入れたことのない六階であった。

そこには銀の流水紋の装飾がはめこまれた美しい黒檀《こくたん》の扉があり、朔ノ宮がそれを開け放ったところ、奥にはしんとした闇が広がっていた。夜目が利く千吉達だったが、この暗闇は目をこらしても何も見えなかった。

闇であって闇ではないのかもしれない。

そう思った時には、朔ノ宮は中に入っていってしまった。その姿はすぐに闇にのまれて見えなくなる。

見失っては大変だと、子供達は急いで足を踏み出した。そうして、はっとした。まるで水の中に入ったような感覚に包まれたのだ。

息は普通にできるし、着物が濡れる様子もない。だが、動きは格段に鈍くなり、柔らかくもずっしりとした空気を押しのけるようにして、足を踏み出さなくてはならない。

一方、子供らの先を行く朔ノ宮はまったく歩調もそぶりも変えることなく、すたすたと進んでいく。

ようやく立ち止まった時、朔ノ宮の前には丸い泉があった。やっとのことで追いついた子供らは、泉を見て、息をのんだ。

くっきりと鮮やかな、瑠璃《るり》色の泉だった。その水は青く澄んでいるのに、縁からのぞきこんでも底を見通すことはできない。それほど深いのだ。

それに、見つめていると、なんだか肌が勝手に粟《あわ》だってくる。いったい、この泉はどこにつながっているのだろうと、畏れにも似た想いがこみあげてくるのだ。

千吉達が朔ノ宮を振り仰いだところ、朔ノ宮は静かにうなずいた。

「ここは清めの儀式、潔斎をするための場だ。ここ全体が、一つの清められた霊場であり、犬神《いぬがみ》一族に力を与えてくれる。言わば、我らにとって神域とも言うべき大切な場所だ。そしてこの泉は……口で説明するのは難しいな。とりあえず、もう少し後ろに下がれ。水に触れるな。……そなた達にはまだ早すぎる」

千吉達には下がれと言いながら、朔ノ宮自身は一歩前に踏み出した。

あっと、千吉達は小さく叫んだ。朔ノ宮は、まるで地面の上を歩くように、泉の水面を歩いていくではないか。

しぶきはあがらず、ただ音もなく波紋が広がっていく中、朔ノ宮は泉の中心まで進み、祈りを捧げるように頭を下げた。

と、その体が静かに水の中に沈みだした。足が、腰が、胸元が、首が、どんどん水の中に消えていく。ついには頭もすっかり見えなくなった。

「……朔ノ宮様、溺れたりしないわよね？」

「わ、わかんない。ねえ、千は？　大丈夫だと思う？」

「思う。わざわざ溺れるために、自分から泉に入ったりはしないだろうから」

「あ、そうか」

「それに……この水、本物の水とは違うと思う」

「そのとおりです」

いきなり小さな声が割りこんできたので、天音と銀音はきゃっと小さく飛びあがった。

振り向けば、鼓丸が立っていた。

「ぽんちゃんってば、びっくりさせないでよ」

「すみません。ここに来ると、ついつい忍び足になってしまうんです。おいそれと足を踏み入れて良い場所ではないので」

「そうなんだ。……ねえ、ぽんちゃん。そのとおりって、今言ったでしょ？」

「それじゃ、水に見えるけど、あれは水じゃないってことなのね？」

双子の言葉に、鼓丸は硬い表情でうなずいた。

「でも、あれがなんなのかは、私の口からは言えません」

「それじゃ、あたし達も聞かないことにする」

「でも、ぽんちゃん。水じゃないにしろ、朔ノ宮様があの中に沈んで、ずいぶん経ったわ。……ほんとに大丈夫なの？」

「そのことなら心配いりません。もうすぐ主《あるじ》は出ていらっしゃいます。四連の方々の準備も整いましたからね」

「え？」

「もう来ていらっしゃいますよ。ほら」

鼓丸の言うとおり、いつのまにか、四連の犬神達が揃っていた。いずれも神官のような装束をまとい、清々しくも勇ましいいでたちだ。

また、腕にはそれぞれ楽器を抱えていた。朱禅は横笛、白王は琵琶《びわ》、黒蘭は太鼓、そして蒼師は小さな琴だ。

四連は千吉達には目もくれず、静かに動き、泉の四方を固めるかのように位置についた。彼らは食い入るように泉を見つめていた。朔ノ宮が出てくるのを待っているのだと、言葉はなくともひしひしとそれが伝わってくる。

彼らの願いが通じたかのように、それからほどなく、朔ノ宮が姿を現した。

沈んだ時と同じように、音もなく水の中からすうっとせり上がってきた犬神の長《おさ》。その姿は、それまでとはすっかり違っていた。

まず浅黄《あさぎ》色の巫女《みこ》装束から、白銀に輝く甲冑《かっちゅう》姿となっていた。頭には烏帽子《えぼし》をかぶり、腰からは短めの太刀を下げている。

なにより、目がこうこうと輝き、色も温かみのある焦げ茶から、強烈な瑠璃色になって

いる。まるでこの泉の水をそのまま瞳に宿したかのようだ。

目の色が変わった朔ノ宮は、さながら別のあやかしのように近寄りがたく、神々しかった。

水面に立ったまま、ゆるりと、朔ノ宮が動きだした。両腕をすうっと持ち上げる。右手には青々とした榊《さかき》の枝が握られ、左手の指先はあの白い水晶の珠《たま》をつまんでいた。

「つお、出ませい！」

朔ノ宮が鞭をしならせるような鋭い声を放った。

とたん、朔ノ宮が持っていた珠が砕けた。

「うわっ！」

「きゃっ！」

子供達は叫んでしまった。

砕けた珠の中から、どろどろとした真っ黒なものがあふれ出したのだ。それはみるみる千吉達と同じほどの大きさになり、なめくじのように激しくのたくりだした。

それを、朔ノ宮は両腕でしっかりと抱きかかえた。まるで泣きわめく子供を母親が抱きしめるかのように。

さらに、顔を寄せ、ささやきかけていく。

大丈夫だ。落ちつけ。

苦しかっただろう。怖かっただろう。

だが、もうそなたを傷つけるものはいない。

正気にお戻り。そんな姿になることはない。もう苦しむことはないのだから。

思い出せ。自分の名を思い出せ。

そなたの名はつお。化け獺《かわうそ》のつおだ。

つお。つお。


呼びかける声は慈愛に満ちていた。泣きたくなるような優しさがあふれていた。

だが、黒いものは暴れ続ける。朔ノ宮の言葉などまるで聞こえていないようだ。

そもそも、それからつおを感じさせるものはなかった。ただただすさまじい怒りと憎しみをほとばしらせている。朔ノ宮が手を離せば、すぐさま穢《けが》れをふりまき、ありとあらゆるものに襲いかかっていくことだろう。

「な、なんなの、あれ……」

「あれが……ほんとにつおなの？」

顔を真っ青にして震えている双子に、鼓丸はこわばった声で言った。

「はい。闇堕《やみお》ちして、あんな姿になってしまっていますが、あれは間違いなく化け獺のつおです」

「闇堕ち……」

「魂が憎しみに穢され、正気を失っていることを言います。闇堕ちしたあやかしは本当に危険なんです。しかも、今回は……かなり手強い。主の鎮めの言霊《ことだま》をもってしても、抑えきれないかもしれません」

確かに、闇堕ちしたつおからは凶悪な力がほとばしっている。その力の強さを感じ取りながら、千吉は思わず言った。

「でも、つおは……言っちゃ悪いけど、そんなに強い妖怪じゃなかったはずだ」

「それだけ深く闇堕ちしているということですよ」

鼓丸の目に哀れみが浮かんだ。

「気性穏やかで、力の弱いあやかしほど、理不尽な目にあえば、心傷つく。魂に傷を負うんです。その傷からは憎しみがあふれ、やがてはそのあやかし自身を飲みこんでしまう。そうなると、自分の命をすり減らす勢いで、破壊の力を生み出していく。……放っておけば、甚大な被害が出るばかりか、いずれは本人も死んでしまうんです」

そんなと、子供達は息をのんだ。

ことに、千吉は心がざわついた。

子供と共に、穏やかにあの池に暮らしていたつお。誰にも迷惑をかけることなく、池の魚を食べ、子供に子守歌を歌っていたつお。

にもかかわらず、人間達はつお達の存在を恐れた。つお達が静かに生きることを許さなかった。

いきなり襲われ、痛みを与えられ、封印された時、つおは絶望したはずだ。

もう二度と、自分は封印から逃れられないのではないかと。子供と引き離され、二度と会えないのではないかと。

その絶望はあまりに深く、つおは全てを忘れて、闇に堕ちたのだろう。だから、こうして封印を解かれても、何もわからないし、子供のことも思い出せない。ただただ自分が生み出した闇に囚われ、それに操られてしまっている。

「かわいそう……」

双子がすすり泣きだした。

千吉も、言葉には出さなかったが、哀れみを感じた。同時に、自分が同じ目にあったとしたらと、思わずにはいられなかった。

大好きな兄から引き離され、どこかに閉じこめられてしまったら。そのまま二度と戻れないと思ったら、きっと、この世のなにもかもが憎くてたまらなくなるに違いない。自分だけではない。誰だってそうなるはずだ。

助かってほしいと、千吉はつおのために祈った。命を散らさず、元の姿となって、子供の元に戻ってほしい。

だが、そんな祈りを嘲笑《あざわら》うかのように、つおの暴れ方は激しくなる一方だ。今では、自分の邪魔をする朔ノ宮に怒りを向けだしている。

つおの腕が大きく動き、朔ノ宮の頰に一筋の傷を作った。したたる血を見て、子供達はひやりとした。朔ノ宮が激怒するのではと思ったのだ。

つおがどれほど凶悪な力を手に入れようと、朔ノ宮が本気になればひとたまりもないだろう。朔ノ宮が腰の太刀を抜いて、つおを斬り殺してしまわないかと、千吉達は冷や冷やした。

だが、朔ノ宮は決して太刀を抜こうとしなかった。そして、どんなに暴れられ、体中に穢れをこすりつけられても、つおを放そうとしなかった。

見捨てない。見放さない。必ず助ける。

その気迫が、千吉達にも伝わってきた。

「はっ！」

ふいに、それまで静かに見守っていた四連の蒼師が、鋭い気合い声を放った。

その声を合図に、四連はそれぞれが持っていた楽器を奏でだした。

豊かな笛に、雅《みやび》やかな琵琶、力強い太鼓、そして繊細な琴。

それぞれの音色が複雑に、そして絶妙に絡み合い、見事な調べとなって広がっていく。

千吉達は息をのんだ。音色そのものが見える気がした。四連が奏でる一音、一音が、極彩色の糸へと変わり、美しい錦《にしき》を織りあげていくかのようだ。

四連はその身に蓄えた妖力を楽器に注ぎこみ、音に変えているのだ。そして、高まる調べは、中央にいる朔ノ宮へと注ぎこまれていく。

四連の助太刀を受けて、朔ノ宮の鎮めの呼びかけが力強くなってきた。同時に、それまでとは違った動作が加わった。片腕でつおを抱きこんだまま、もう一方の手に持った榊の枝で、つおの体をなぞるように撫でだしたのだ。

ひと撫でするごとに、つおの体から黒くべたついたものが払い落とされ、水の中に落ちていく。まるで、櫛《くし》でとかされて、古い髪が抜けていくかのようだ。

だが、それほど効き目があるようには見えなかった。落としても落としても、黒い粘りは絶え間なくつおからあふれてくるからだ。

鼓丸が気遣わしげに唸った。

「これは長くかかりそうですね」

「助かるのよね、つおは?」

「もちろん、主は必ず穢れを祓《はら》います。ただ……あれだけの穢れを生み出しているということは、それだけつおが力を使っているということでもあります。時がかかればかかるほど、主ではなく、つおのほうが摩耗してしまう。そうなったら、全ての穢れを祓い終えたとしても……」

鼓丸は最後まで言わなかったが、子供達は全てを理解した。

千吉はもう一度、泉のほうを見た。今の話を聞いたあとだと、朔ノ宮のやり方はひどくまどろっこしく見えた。

「師匠は大妖《たいよう》なんだろ? ありったけの妖力を使って、ばばっと一気に祓うことはできないのか?」

「……祓うだけなら簡単なんです。でも、祓って、なおかつ相手を生かすのはとても難しいんです」

「…………」

「せめて、つおが少しでも正気を取り戻してくれれば……そうすれば、隙ができます。たとえ、それが針穴のように小さなものでも、主は糸を通すがごとく、その隙に滑りこみ、つおの魂の核にたどり着くでしょう」

「魂の核?」

「今のつおの魂は、火に囲まれたどんぐりのようなものです。本当は水をかけて火を消したいけれど、そうすると、どんぐりまで押し流されてしまう。だから、まずどんぐりを拾いあげ、しっかりと手の中に握りしめないと。そうすれば、火を消し止めるのも一気にやることができます」

隙さえあればそれができると、鼓丸は繰り返した。

だが、見ている限り、そんな隙は生まれそうになかった。

間に合わないかもしれないと、千吉は焦りに駆られた。

穢れが落とされる前に、つおの命が尽きてしまったら、どうなるだろう? そのことを聞いた弥助は、どう思うだろう? 心優しい弥助のことだ。母を失ったちおを哀れみ、自分が育てると言いだしかねない。

ぶるっと、千吉は身震いした。

そんなことになってたまるものか。それだけは避けなくては。

自分はとことん身勝手なんだなと思いつつ、千吉は自分にできることをしようと決めた。

四連のような助太刀はできなくても、少しでも朔ノ宮の力になりたい。それはすなわち、ちおから兄を取り戻すことにつながるのだから。

千吉は改めて前を向き、猛り狂うつおを見つめた。そうしながら、頭にちおのことを思い浮かべた。

小さな化け獺の子。母親そっくりの見た目で、だが、よりあどけなく、愛くるしい。茶の毛は濡れたようにつやつやで、黒い水かきのついた手は案外器用だ。

いつも涙をためて潤んだ目。きゅいきゅいと響く鳴き声。寂しがり屋で、弥助の懐《ふところ》に潜りこむのがお気に入りだ。

ああ、思い出しても腹立たしい。

「さっさと戻ってこい！　ちおが待っているぞ、つお！」

猛り狂うつおに叫びかけながら、千吉は懐に手を入れ、しまっておいた朔ノ宮の髪をつかんだ。

その瞬間、千吉から何かがあふれ、大気にふりまかれた。

千吉が何かをしたのだと、双子は肌で感じ取った。だが、鼓丸の反応はもっと激しかった。

「これは……化け獺の子の匂い？　千香《せんか》の術を使ったんですか？」

鼓丸が驚きの声をあげるのとほぼ同時に、あれほど暴れていたつおがぴたりと動きを止めた。さらに、どろついた闇がかきわけられるようにして流れ、小さな目が現れた。まだ狂気を宿しながらも、その目は確かにつおのものだった。


つおは、闇に囚われていた。

闇は重く、鉄の匂いと味がした。抜けだしたくても出口は見当たらず、隠れたくてもどこにも逃げ場はない。

そして、ひどい痛みがつおを責めさいなんでいた。

絶え間なく体を傷つけ、貫いてくるのは、つお自身からわきあがってくる強烈な怒りと憎しみだ。痛くて、苦しくて、つおはのたうちまわった。どうしてこんなことにと、思うことすらできなくなっていた。

四日前、夜叉蝙蝠《やしゃこうもり》の涙をやっとのことで手に入れ、つおはいったん住み処の池へと戻ったのだ。

火焔山《かえん》の松の実、瑠璃苔《るりごけ》、黒鉄霊芝《くろがねれいし》、そして夜叉蝙蝠の涙。

妖怪医者の宗鉄に言われた材料はこれで全部だ。宗鉄のところに持って行けば、すぐに薬を調合してくれるだろう。

「薬を用いれば、きっとこの子の足は良くなる。少なくとも、泳ぐ時にひどい痛みが走ることはなくなりますよ」

宗鉄にそう言われた時は、つおは救われた気持ちがしたものだ。

子供を少しでも助けたい。不快な痛みを減らしてやりたい。

ずっとそう思ってきた。そして、それが叶えられるというなら、これはもう、何が何でもがんばらなくてはなるまい。

その一心で、必死で材料を集めにかかった。

ひどく苦労したし、体のあちこちを痛めてしまったが、こうして無事に材料が手に入った今は、ただただ嬉しかった。

宗鉄のもとに行こうと、つおは集めたものを一つにまとめにかかった。

だが……。

ふいに、首筋の毛がちりちりとした。続いて、心地よいはずの水が急に熱く不快なものに変わった。

潜っていられなくなり、つおは急いで水面へと顔を出した。

池の周りには人間が集まっていた。数は多くなかったが、先頭に立っている黒衣の男は尋常ならぬ気迫と敵意をみなぎらせていた。

その男はつおに向けて罵声《ばせい》を放ってきた。

「化け物め！　長年ここに巣くい、村の人達に散々迷惑をかけていたそうだな！　その悪行の報いを、今こそ受けるがいい！」

激しく怒鳴りつけられ、つおは面食らった。

何を言われたのか、まったく理解できなかった。

自分達はここに住んでいただけだ。人間と交わることはなく、悪さなどしたこともない。それどころか、自分がいたからこそ、水源が守られ、ひどい日照りの時すら近くの村の田んぼは潤っていたというのに。

いったい、どういうことだと動揺しているつおに、男は続けざまに札を投げつけてきた。

それが当たると、焼けるような痛みが走った。

悲鳴をあげて、つおは水の中に戻ろうとした。だが、体は言うことを聞かず、それどころか、見えない網に囚われたかのように、男のほうへとたぐり寄せられていく。

勝ち誇った顔をしながら、男はこぶしを振り上げてきた。その手には、鉄でできた数珠《じゅず》が巻きつけられていた。

思いきり殴られ、つおは自分の血が飛び散るのを感じた。痛みと混乱で、めまいがした。どうしてこんな仕打ちをされるのか、まるでわからなかった。

だが、男が光る珠をこちらに向けるのを見たとたん、男が何をするつもりなのか、はっきりわかった。つおは全身の毛が逆立つような恐怖を感じた。

こんなところで封印されるわけにはいかないのに！　子供が待っているのに！　いやだ！　やめて！　あたしが何をした？　お願いだから、やめて！　あたし達が気に食わないなら、ここを出て行くから。お願いだから見逃して！

しかし、一切の哀れみをかけられることなく、つおは封印されてしまったのだ。

その記憶さえ、今のつおからは消えていた。

封印をかけられた時、つおの中に怒りが芽生えたからだ。ちおの元に戻れないかもしれないということに、絶望と恨みがあふれたからだ。

それらは、つおの心を蝕んだ。

だから、体が自由になるのを感じたとたん、つおは自分の全てを弾けさせた。

憎い！　許せない！　殺す！　壊す！　なにもかも！

どうして怒っているのか、誰を恨んでいるのか、もうどうでもよかった。体を押しつぶされるようなこの苦しさを紛らわせるには、暴れるしかない。

闇の中で、どれほどのたうっていただろうか。

ふいに、つおは匂いを嗅いだ。

とても嗅ぎ慣れた匂いだった。嗅いでいるだけで、荒れ狂っていた胸に温かい気持ちがこみあげてくる。

これは誰の匂い？　知っている匂い。ああ、愛しい。

きっと小さな子供のだ。

子供。自分の子。

かわいいかわいい……ちお……。


「ち、お……どこ、だい？」

見えない子供を捜すかのように、つおの目がきょろきょろと動いた。

「よくやった、千吉！」

大きく叫びながら、朔ノ宮がさっとつおを両腕で抱きこんだ。そうして、高く跳ね、ざぶんと、それまで立っていた泉の中へと落ちていった。

飛び散る水しぶきは、そのまま白い光となり、千の星のようなきらめきを放った。そのあまりのまばゆさに千吉達は目がくらみ、慌てて顔を手で庇《かば》った。

ようやく光がおさまったのを感じ、千吉達はそっと手を下ろし、前を見た。

泉の上には、ふたたび朔ノ宮が立っていた。武装は解かれ、目の色も元通りだ。長い髪はしっとりと濡れており、体中になすりつけられた黒い穢れもきれいに洗い流されている。

あちこちにできていた傷も、すでに跡形もなく癒えていた。

なにより、その腕には化け獺のつおが抱かれていた。

十

「つお！」

千吉が大声で呼びかけても、つおはぴくりともしなかった。目を閉じ、ぐったりと朔ノ宮の腕の中に横たわっている。

もしやと、千吉と双子《ふたご》は青ざめた顔で朔ノ宮を見た。

朔ノ宮は笑っていた。

「大丈夫だ。気を失っているだけで、じきに目を覚ますだろう」

そう言って、朔ノ宮は大またで泉の上を歩いていき、白王に近づいた。

「白王、すまないが、つおを蓮《はす》の間に運んでやってくれ。そこで休ませて、目を覚ましたら霊薬を飲ませてやってほしい。かなり力を消耗しているはずだが、それで元気になるだろう」

「かしこまりました。では、霊薬を飲ませたあとは、帰しますか？」

「そうしてやってくれ。このものには一刻も早く会いたい相手がいるようだからな。ああ、そうそう。帰す前にこれだけは伝えておくれ。安全な住み処を見つけるまでは、ここ西《にし》の天宮《てんぐう》で子供と共に仮住まいをするといい、とな」

「わかりました」

白王はそのたくましい腕で優しくつおを抱き取り、早足で運び去った。

朔ノ宮は、残りの四連《よんれん》に温かいまなざしをくれた。

「みな、助太刀感謝する。おかげで、このたびも無事に潔斎《けっさい》を果たすことができた。それぞれ、身を休めておくれ」

「はい」

朱禅、黒蘭、蒼師が去ったあと、朔ノ宮は子供達に言った。

「そなた達は私の部屋へ。ここはしばらく閉じなくてはならない。だいぶ穢《けが》れをのんでもらったからな。また次の潔斎で使えるよう、時を置かねば」

朔ノ宮にうながされ、子供らは泉から遠ざかった。

すると、目の前に扉が現れた。それを開けてくぐれば、そこはもう、七階の朔ノ宮の部屋の中だった。

振り返れば、今くぐったはずの扉が消えていた。

目を白黒させている子供達の前で、朔ノ宮は腰を下ろし、さらにはだらしなく両足を投げ出した。いつも毅然としている朔ノ宮とも思えないふるまいだ。

「ふう、さすがに疲れた。ぽん、何か食べるものを持ってきておくれ」

「そうおっしゃると思って、もう色々と用意してございます。今、運んでまいります！」

びゅんっと、鼓丸が走り去った。

自分達も鼓丸を手伝うべきだろうかと迷う千吉達に、朔ノ宮は言った。

「そなた達はこっちへ。天音は私の髪を梳《す》いておくれ。銀音と千吉は私の肩と腰を揉んでおくれ。……大仕事を終えたばかりの私の頼みを、まさか断ったりはしないだろう？」

そう言われては断れない。子供達は朔ノ宮に近づき、言いつけ通り、朔ノ宮の体を揉んだり、髪を梳《くしけず》ったりし始めた。

うつぶせに横たわり、気持ちよさそうに目を閉じながら、朔ノ宮は千吉に声をかけた。

「それはそうと、千吉、よくやってくれたな。そなたがつおの子の匂いを出してくれたおかげで、つおが一瞬正気に戻ってくれた。お手柄だったぞ。ふふ。どうだ？　千香《せんか》の術も、ちゃんと役立つものであろう？」

「……そうですね」

「ん？　何か言いたそうだな？」

「……こういう使い道があるならあるって、最初に教えてくれれば……そうすれば、俺だってへそを曲げたりしなかったです」

「なんでもかんでも口に出せばいいというものでもあるまいよ。どうして教えられたのが千香の術なのか、自分で理由を考えることも必要だと思ってな。相手が小生意気な弟子であれば、なおさらにな」

ちょっと嫌味をこめた口調で言ったあと、朔ノ宮は目を開けて、千吉を見た。

「そなたらは我ら犬神《いぬがみ》よりずっと鼻が利かぬ。だから、嗅ぎ分けるほうではなく、匂いを放つ術に力を入れたほうがよい。そう思って、教えたのだ。そして、どのように術を役立てるかを、自分で気づかせる。それができて初めて、会得《えとく》したというのだ。千吉、そなたには言いたいことが山ほどあるが、自分で術を会得できたことは褒めてやる」

偉いぞと、朔ノ宮は手を伸ばして、千吉の頭をぐしゃぐしゃとかき回すようにして撫でた。荒っぽいが、その手は温かく、千吉はいやとは思わなかった。

じっとしている千吉に、朔ノ宮はからかうように問うた。

「それで、どうする？　これからも私の元で修業するか？」

千吉ははっとして、朔ノ宮を見返した。

「……俺を、見捨てないんですか？　俺、ひどい弟子だったのに」

「まあ、確かに態度は悪かったな。だが、我ら犬神は一度心を許した相手を見捨てることは決してないのだ。そなたが望む限り、そなたは私の弟子なのだよ」

その言葉は胸にしみるほど深かった。

だから、千吉はその場に手をついて、頭を下げた。

「どうかこれからもよろしくお願いします、師匠」

「よしよし」

ここで、鼓丸が「おまたせしました」と部屋に戻ってきた。自分の体の三倍はあろうかという大きな盆を、頭の上に載せている。

盆の上には、握り飯が山のように積み重なっていた。それ以外にも、数種類の煮物や茄《な》子《す》の漬物などが、丼《どんぶり》に盛りつけられて、添えられている。

上手に盆を朔ノ宮の前に置いたあと、鼓丸は得意げに言った。

「猪《しし》鍋も大鍋いっぱいこしらえてあります。それもこれから運んできますが、まずはこちらから召し上がってくださいませ」

「ありがたい。さっそくいただくとするぞ、ぽん」

大量の食事にあっけにとられている子供らに、朔ノ宮は握り飯をつかみとりながら言った。

「潔斎はとにかく力を使う。だから、終えた時は決まってひどく空腹になっているのだ。そなた達もそうなのではないか？」

その言葉に、千吉も双子も腹に手を当てた。それまで気づかなかったが、言われてみれば腹ぺこだ。

うらやましげに朔ノ宮の前に置かれた盆を見る子供達に、朔ノ宮は大きく笑った。

「そなた達も食べていくがいい。遠慮はいらない。長く引き止めておいて、夕餉《ゆうげ》も出さなかったとあっては、私の沽券《こけん》に関わるからな」

「夕餉？」

「ああ、気づいていなかったか。ずいぶん前に日は暮れて、もうすっかり夜だぞ」

ざっと、千吉は血の気が引いた。

夜！　昼には戻るつもりだったのに、夜になってしまっただと？　ああ、兄はどれほど心配しているだろう？

双子を振り返れば、こちらも真っ青になっていた。

「ど、どうしよう……」

「父様達、きっとすごく心配してるわ……何も言わずに出てきちゃったんだもの」

ぞっとしたように顔を見合わす三人に、朔ノ宮は握り飯をわしわしと頬張りながら首をかしげた。

「どうした？　食べないのか？」

「さ、朔ノ宮様！　あたし達、すぐ家に……」

天音の言葉は途中で途絶えた。

どんと、その場の空気が重くなったかと思うと、いきなり誰かが朔ノ宮の首をつかみ、床へと押し倒したのだ。そのまま朔ノ宮の背中に膝を乗せ、身動き取れぬように肩と右腕を押さえこむ。

鮮やかな手腕を見せたのは、東《ひがし》の地宮《ちぐう》の奉行、月夜公であった。

千吉達が呆然としている中、があっと、朔ノ宮が激しい唸り声をあげた。

「貴様！　何をする！」

「ほう。誰かと思えば、西の犬であったか」

朔ノ宮を見下ろしながら、月夜公は白い美貌《びぼう》に涼しげな笑みを浮かべた。

「なに。子供らがいなくなったと、弥助と初音姫夫妻が騒ぎ立て、捜してくれと吾《われ》に泣きついてきたのよ。吾としても、また邪《よこしま》なものにさらわれたのではないかと、心配になってな。それで、子供らの気配をたどって来てみれば、子供らのそばに誰かいるではないか。これは拐《かどわ》かしの下手人にちがいない。そう思い、とっさに取り押さえたというわけじゃ。いや、まさかおぬしだったとはのぅ。これは失態であったわ」

しゃあしゃあと言い放つ月夜公に、朔ノ宮の全身の毛が怒りでふくれあがった。

「貴様ぁ！」

力まかせに月夜公をはねのけ、朔ノ宮はそのまま月夜公につかみかかった。

「今日という今日はもう許さん！　その目障りな尾、引っこ抜いてくれる！」

「なんじゃ。誤解であったことは言うたではないか。それをそのように怒るとは、心が狭いことよ」

「貴様に心が狭いと言われたくないわ、この腹黒狐《はらぐろぎつね》！　よくもよくもこの清い西の天宮に入りこんだものだ！　その底意地の悪い悪臭が染みついてしまったら、どうしてくれるのだ！」

「な、なんじゃと！　吾が臭いと申すか！」

「そうとも。鼻が曲がりそうだ！　貴様の甥の津弓がかわいそうでならぬ。貴様の臭気が移ってしまわぬうちに、とっとと甥を自由にしてやれ！」

「うぬ！　津弓に関して、貴様にあれこれ言われる筋合いはないぞ、この犬め！」

ぎゃあぎゃあと罵《ののし》りあいながら、朔ノ宮と月夜公は上を下への大乱闘を始めた。どちらも、普段の威厳も風格もかなぐり捨て、相手につかみかかっていく。

大妖《たいよう》同士のけんかであるため、そこから生み出される妖気の圧はすさまじく、そばにいる子供らは目に映らぬ力に押され、壁に叩きつけられそうになった。鼓丸がすばやく部屋の外に逃がしてくれなかったら、息をするのもままならず、気を失ってしまったかもしれない。

ばちんと、急いで部屋の戸を閉じる鼓丸に、ぜえぜえあえぎながら千吉は言った。

「と、止めなくていいのか？　四連の誰かを連れてきたほうがいいんじゃないか？」

「四連の方々でも、あの乱闘の中に入っていくことはできませんよ」

「…………」

「それに、月夜公様が相手の時は、主《あるじ》は一切の助太刀を喜びません。あとで月夜公様に嫌味を言われるのは、目に見えていますから。吾に勝てぬからと言って、助太刀を呼びよせるとは、さすが卑怯な犬ども、群れるのが好きなことよな、と」

いかにも月夜公が言いそうだと、子供達は納得した。

このまま放っておくのが一番なのだと、鼓丸は言葉を続けた。

「疲れ果てるまでやりあえば、お二人とも満足しますから。決着はたぶんつかないでしょうけど……今回は長くかかりそうですね」

確かに、戸の向こうから聞こえてくる騒ぎ、物が壊れる音は、ひどくなる一方だ。

銀音がおずおずと口を開いた。

「ぽんちゃん……あたし達、できるだけ早く家に帰りたいの。帰らなくちゃいけないの」

「そういうことなら、私が送ってあげます」

鼓丸はすぐに大扇《おおおうぎ》を用意してくれた。

大扇に子供達を乗せ、人界を目指す道中、鼓丸はふと小さな声で謝った。

「そう言えば、ごめんなさい」

「えっ？　なに？」

「なんで謝るんだい？」

「山の中に置き去りにしたことです。時がなかったとは言え、あんなことをして申し訳なかったです」

しょんぼりと耳と尾を垂れる鼓丸に、子供達は笑った。

「気にしてないぞ、そんなこと」

「そうそう。大丈夫だから、顔をあげて」

「でも、教えて。どうしてあんなに慌てて西の天宮に戻っていったの？」

「つおの身が危険だと思ったからです。人界であやかしの命が脅《おびや》かされた時、それを救うのが西の天宮のお役目。妖界でのごたごたを解決する東の地宮とは違い、我らは人があやかしに関わっている時のみ動くのです」

「そうだったのか。……ん？」

千吉と双子は顔を見合わせた。

「なあ、ぽん。この前、天音達がさらわれた時、最後に月夜公が助けにきてくれたんだけど……今の話からすると、それは西の天宮の役目だったってことかい？」

「はい。勝手なことをしおってと、主は怒り狂っていました。……なにしろ、二度目でしたからね」

「二度目ってことは、前にもあったってこと？」

「はい。もう七年か八年くらい前でしょうか。人間の人形師が次々と子妖達をさらって、魂を抜き取って人形作りに使っていた事件がありました。まさか人間が下手人とは思われていなかったので、最初は月夜公様が指揮を執って、事件解決のために動かれていました。……でも、何も手がかりがないまま、今度は津弓様までさらわれてしまったのです」

「つ、津弓が？」

「うわ、それじゃ……月夜公様、大騒ぎしたんじゃない？」

「はい。いなくなったのが人界ということで、月夜公様はすぐさま人界に繰り出しました。でも、これは本来はやってはならないことでした。月夜公様はまずは西の天宮に津弓様のことを伝えるべきだったのに」

　どんなに慌てて焦っていたとしても、月夜公であれば一瞬で朔ノ宮に全てを伝えることができたはずだと、鼓丸は苦い表情で言った。

「結果として、月夜公様は下手人を突きとめ、津弓様と他の子妖達を救い出しました」

「よかったわね」

「そうよ。いくらお役目違いとは言っても、さらわれた子達を助け出すのが一番大事なことだもの。だから、えっと、朔ノ宮様だって怒ったりしなかったんじゃない？」

「それですんだのなら、主も怒りを抑えたことでしょう。でも、月夜公様はそれで止まらなかったのです。下手人が人間だとわかっていながら、勝手に処罰まで与えてしまいまして」

　これに朔ノ宮は激怒し、月夜公と三日三晩の大乱闘を繰り広げたのだという。

「今でも月夜公様の体のどこかには、主がつけた歯形がくっきり残っているとかいないとかで……」

　それはすごいと、子供らはごくりとつばを飲みこんだ。あの月夜公に歯形。想像するだけで、なにやら怖い……。

「あの二人って……なんであんなに仲が悪いんだい？」

「それは私も知りません。ただ、とにかく反りが合わないようです」

「ふうん。そうなのか」

と、天音と銀音がため息をついた。

「合わないのなら、しかたないけど……でも、もったいないわねえ」

「ほんと。月夜公様と朔ノ宮様、どちらも大妖だし、案外お似合いの夫婦《めおと》になりそうなのに」

ひゃんっと、鼓丸は小さな叫び声をあげて飛びあがった。

「そ、そんな恐ろしいこと、絶対に主の前では言わないでください！　血の雨が降りますよ！」

双子は何か言い返そうとした。

が、そうする前に、大扇が子供らの家に到着した。

ゆるゆると庭に向かって降りていく大扇。庭先には、久蔵と初音、そして弥助が立っており、こちらを見上げていた。

顔をこわばらせた両親を見て、双子は亀《かめ》のように首をひっこめた。

「こっちが血の雨が降りそう……」

「ほんと。ねえ、千、なんとか……って、なんで笑ってるのよ？」

「弥助にいがちおを連れてない。……ってことは、つおはもう迎えに来たってことだ」

これでやっと兄を独り占めできる。

じつに満足げな千吉を、天音と銀音は睨みつけた。

「そんなこと言ってる場合じゃないでしょ?」

「あんただって、絶対弥助にいちゃんに叱られるわよ?」

そのとおりだった。

双子は無断で遊びに出かけたこと、千吉は約束した時刻に戻らなかったことを、それぞれがっつり怒られたのである。

エピローグ

つおの一件では、なんとも踏んだり蹴ったりの目にあったと、千吉はその後もたびたび思い出しては、苦々しい顔をした。

だが、一つだけ良いこともあった。

朔ノ宮の弟子を続ける気力ができたことだ。

なかなか本心を読ませてくれない朔ノ宮だが、師として信じるに足る相手だとわかった。根気よくついていけば、また新たな術を教えてくれるだろう。できれば、それが兄を守るのに使える術であってほしい。

そんなことを考えながら、千吉は弥助のあぐらの中に潜りこむ。

どこぞの妖怪が子を預けに来るまでは、兄は自分一人のものだ。

それは至福の時だった。

馴《な》れ初《そ》め

その日、西《にし》の天宮《てんぐう》の奉行、朔ノ宮《さくのみや》は小さな庵《いおり》でゆったりとくつろいでいた。庵の戸は開け放ってあるため、心地よく風が中に吹きこんできていた。外を囲む竹林も、青々として美しい。そんな中、朔ノ宮は花の形をした砂糖菓子をつまみながら、今日届いたばかりの恋文《こいぶみ》に目を通していく。

静かで、誰にも邪魔されることのないひとときのはずだった。

だが……。

文から顔をあげることなく、朔ノ宮は竹林の一角に向けて声をかけた。

「久しぶりだな」

軽やかな笑い声があがり、すっと、一人の娘がそこに姿を現した。

十歳くらいの、じつに美しい娘だった。見る者の目を奪うような華やかな美貌《びぼう》に、真珠《しんじゅ》を思わせる白い肌。長い髪は純白に輝き、鮮やかにきらめく黄金色の瞳をいっそう際立たせている。

金と翡翠《ひすい》色の豪奢《ごうしゃ》な打ち掛けをさらりと着こなしたこの娘は、名を王蜜《おうみつ》の君《きみ》といった。美しくたおやかな見た目とは裏腹に、圧倒的な妖気《ようき》と妖艶《ようえん》さを醸《かも》し出しているが、それも当然のこと。

王蜜の君は、朔ノ宮や月夜公《つくよのぎみ》と同じく、大妖《たいよう》と呼ばれる存在なのだ。

くすくすと無邪気に笑いながら、王蜜の君は鈴を転がすような声で言った。

「ふふふ。また先に勘づかれてしまった。気配を消すことには自信があるのじゃが、そなたの鼻をごまかすことはやはり無理そうじゃな」

「わかっていて、毎回なぜ試みる?」

「楽しいからじゃ。わらわは楽しいことはなんでもやりたい質《たち》でのぅ」

そう言いながら、王蜜の君は滑るように庵の中にあがり、朔ノ宮の背後に回りこんだ。そうして、朔ノ宮のたっぷりとした黒髪を手で触りだした。

朔ノ宮の髪をもてあそぶのが、王蜜の君は好きなのだ。ちょくちょくやってきては、朔ノ宮の髪の手触りを楽しみ、また気まぐれに去っていく。

朔ノ宮も拒むことなく、それを許してやっていた。止めたところで、たぶんやめないだろうとわかっていた。相手は自由奔放で、誰かに従うことを知らない猫の王なのだから。

それに、たいてい静かに髪を触るだけで、満足すれば帰っていくことだし、目くじらを立てることでもない。

だが、いつもとは違い、今日の王蜜の君は興味津々の様子で話しかけてきた。

「ところで、弟子入りした子供らはどうじゃ？　見所はありそうかえ？」

「そうだな。半妖《はんよう》の双子《ふたご》はなかなかおもしろいぞ。見た目は瓜二つのくせに、妖力の質がまったく違う」

「ほう」

「姉のほうは粘り強さがある。一つのことに集中し、力をこめるのがうまいのだ。銀鎖《ぎんさ》の術を、あの子にはいつか教えてやりたいな。妹のほうはそれよりもずっと軽やかだ。胡蝶《こちょう》の術などを教えたら、きっと目を見張るような上達ぶりを見せるだろう。半妖で、しかも人界に暮らしているせいか、妖力自体はまだまだ弱いが、どちらも成長が楽しみな子らだ」

楽しげに言う朔ノ宮に、王蜜の君は今度は静かに尋ねた。

「では、千吉《せんきち》は？　白嵐《びゃくらん》であった頃の片鱗《へんりん》は見せておるか？」

白嵐とは、ずっと昔、千吉が大妖であった頃の名だ。

朔ノ宮はそれまでの微笑《ほほえ》みを消し、真顔で首を横に振った。

「あれはもう、白嵐とは呼べないな」

「そうなのかえ?」

「ああ。自分を人の子と思いこんでいるからな。その思いこみが強い封印となって、あの子の膨大な妖気をしっかりと封じこんでいる。正体を教えたとしても、あの子がそれを受け入れない限りは、大妖として目覚めることはまずないだろう。……誰もそれを望んでいないようだし、私も教えるつもりはない」

「わらわとて同じじゃ」

うなずく王蜜の君に、おやっと、朔ノ宮は首をかしげた。

「意外だな。そなたは白嵐を気に入っていると思っていた。てっきり、あやかしとして戻ってきてほしいと願っているのだとばかり思っていたぞ」

「ふふ、それはそなたの勘違いじゃ。わらわはな、確かに白嵐を気に入っておった。じゃが、人間の千弥《せんや》となり、養い子の弥助《やすけ》をかわいがるようになったあやつは、もっと好きであったよ。表情がくるくると変わって、ずっとおもしろみのあるものになったからの」

そしてと、王蜜の君はいたずらっぽく笑った。

「今、あやつは千吉という子供になって、遠慮もなく弥助に甘えきっておる。弥助にまとわりついて、かわいらしく笑っている顔など、白嵐であった頃はもちろん、千弥であった時ですら、決して拝めぬものであった。あのかわいらしい顔を見るのが、くくく、なんとも愛おしくてのぅ」

「……その口ぶりからして、ちょくちょく盗み見に行っているようだな」

「盗み見とは人聞きの悪い言い方じゃ。見守りに行っていると言うておくれ」

「……言っておくが、あの子は今は私の弟子だ。私の庇護を受けるものだ。気まぐれに手を出して、いたずらに巻きこむような真似はしてくれるな」

後ろを振り返り、警告する朔ノ宮に、王蜜の君はにっと白い歯を見せて笑った。一瞬、その金の瞳に物騒な光が浮かんだ。

「その約束はできぬ。わらわは猫じゃもの。遊びたい時は、いつでも好きなように相手を誘う」

「…………」

「ふふふ。そう心配するな、犬神《いぬがみ》の。わらわは気まぐれかもしれないが、気に入ったものは飽きるまで愛でる。そして当分、千吉には飽きそうにないからのぅ」

「まったく。猫というやつはしかたない。時々、東の狐《きつね》よりもそなたのほうが性悪に思えるぞ」

「おお、そうそう。そのことも聞きたかったのじゃ！」

王蜜の君はふたたび無邪気そのものの笑顔となった。

「また月夜公とやりあったそうじゃな？」

「耳が早いな。それに、猫のくせに野次馬が過ぎるのではないか？」

「言ったであろう？　わらわはおもしろいことが好きなのじゃ。それで？　こたびは月夜公のどこに歯形をつけてやったのだえ？」

「尻だ」

こらえきれずに、朔ノ宮はにやりとした。

「しばらくは腰を下ろすたびに痛むだろうよ。それに、私の嚙み痕はそうそう消えないからな。いい気味だ」

「ほう。それはまたひどいことを」

「あやつのほうがひどいのだぞ。いきなり私を押さえつけたのだ。ねじられた腕がまだ痛む。まったく！　女子《おなご》をなんだと思っているのだ！」

「……女子云々は関係あるまい。月夜公はそなたにはいっさい手加減無用と思っているのであろうよ」

「それはそれで……腹が立つ！」

「やれやれ。そなたの月夜公嫌いは筋金入りじゃのぅ」

「むしろ、そなたがあやつとそこそこ親しくしていることに驚くぞ。自由気ままの権化であるそなたが、よくあの傲慢《ごうまん》な狐と付き合えるものだ」

ぎりぎりと歯ぎしりする朔ノ宮の髪を、今度は細く編みこんでいきながら、王蜜の君はさらりと話をそらした。

「ところで、先ほどから何を読んでおるのじゃ？」

「いつものとおりだ。私の気を引きたいという殿御達からの文だ。興味はまったくないが、もらったものは一応読んでおかねばならないからな」

「義理堅いのぅ。わらわなど、ほしくもない恋文など目も通さぬぞ」

「……そなたに恋文を寄越す命知らずがいるとは思えないのだが」

失敬なと、王蜜の君は軽く朔ノ宮を睨んだ。

「数は少ない、というより、たった一人ではあるが、わらわにも文をくれるものはおるのじゃぞ」

「そうなのか？」

「そうとも。そなたも知っている相手じゃ」

「私が知っている……ああ、黒守《くろもり》か」

あきれたと、朔ノ宮は鼻を鳴らした。

「奥方がいるくせに、ぬけぬけとそなたにまで恋文を寄越すとは。あのものの無節操さは、もはや病気だな。一度、妖怪医者の宗鉄《そうてつ》に診てもらったほうがいいくらいだ」

「ほほう。憎々しげに言うのぅ」

「浮気を繰り返し、奥方を泣かせてばかりいる男子《おのこ》は好きになれぬ」

「はて？　あの大山椒魚《おおさんしょううお》の奥方は泣き寝入りするような女子ではないと聞くが」

「ものの例えだ。ともかく、自分の身内を悲しませるものは嫌いだ」

「犬神は一族の結びつきが強いからのぅ。……それで言うと、月夜公は甥っ子命。そなたの大のお気に入りになるはずなのじゃがのぅ」

「あの狐は論外だ！」

絶叫する朔ノ宮に、王蜜の君は肩をすくめた。

「はてさて。どうしてそこまで仲がこじれたものか。……そうなったきっかけを、そろそろ教えてもらえぬかえ？」

「ふん。そんなくだらぬこと、聞いてどうする？　好奇心も大概にしておくといい」

「やれやれ。つれないことよ。まあ、よい。いずれ聞きだしてみせるわ」

王蜜の君はそこで口を閉ざし、朔ノ宮の濡れたように艶やかな髪を編むことに熱中し始めた。

静けさが戻ってきたが、朔ノ宮はもはや恋文を読む気になれなかった。王蜜の君にあれこれ言われたせいで、気持ちはどうしても過去に戻っていってしまう。

その昔、月夜公と初めて出会った日のことが、朔ノ宮の頭に蘇《よみがえ》ってきた。


その日はさわやかな秋の日であった。朔ノ宮は深く息を吸いこみ、大気に満ちた秋の香りを存分に体に取りこんだ。

赤や金色に色づいた葉の、ほのかに甘い香り。

熟していく木の実に、じんとくるような松葉の匂い。

秋風と青空と雲の匂い。

日に日に冷えていく池の水の匂い。

朔ノ宮は秋が好きだった。景色は彩り美しく、大気は涼やかで心地よく、食べ物もおいしい豊穣の季節。こうして庭を歩いているだけで、幸せを感じる。

だが、今日はその幸福感に、少しばかり浮ついた気分も混じっていた。

今、朔ノ宮は大仙龍《おおせんりゅう》、炎角《えんかく》の屋敷に来ていた。「おぬしが西の天宮の奉行職に任ぜられたことを祝いたいから、ぜひ来てほしい」と、炎角に招かれたのだ。

招きに応じて来てみれば、炎角からはなにやら企みの匂いが醸し出されていた。悪いことではなさそうだったので、朔ノ宮はあまり警戒することなく炎角のもてなしを受け、奉行就任の祝いの品を受け取った。

　と、何食わぬ顔をしながら、炎角は切り出してきた。

「じつはこれから東《ひがし》の地宮《ちぐう》の月夜公殿も来るのだ。せっかくだから、会っていかれよ。西と東の奉行が顔を合わせる機会なぞ、そうそうないことだからのう」

　なるほど、自分を招いたのはそれが目的だったかと、朔ノ宮はぴんときた。

　これは略式の見合いなのだ。

　それもおもしろいと、朔ノ宮は断らなかった。

　月夜公には会ったことがなかったが、その噂はよく聞いていた。妖力が桁外れに強いこともさることながら、とにかく美しいと評判だ。白嵐というあやかしとの戦いで傷を負ってからは、顔の半分を赤い般若《はんにゃ》面で隠しているというが、それすらもまたぞくりとするほど美しいとか。

　だが、犬神としては、美醜よりも信頼できる匂いの持ち主であるかどうかのほうが重要だった。

　匂いは何一つ隠せない。特に、鼻が利きすぎる朔ノ宮にとってはそうだ。本音と建て前を使い分けるものは多いが、朔ノ宮にとってはそうしたことは無意味でしかなく、心と口を偽《いつわ》る相手は奇妙で気持ち悪いものとしか思えなかった。

できれば、月夜公がそういう相手ではないといいと、朔ノ宮は心から願った。

じつは朔ノ宮はあまり惚れた腫れたに興味は持っていなかった。伴侶にするなら信頼できる相手をと、そのことだけを望んでいた。

朔ノ宮の輝きにひるまず、その力に臆さず、役目と立場に卑屈《ひくつ》になることなく、対等に本音を言い合い、かつ支えあえる相手であればいい。

だが、残念なことに、これまで近づいてきたあやかし達にそういうものはいなかった。本心からの好意を寄せてくれるものも多かったが、結局のところ、彼らは朔ノ宮の妖気に酔い、光に引きよせられた蛾のように魅せられているだけ。こちらを崇《あが》めてくるものは自分と並び立つことはできないと、朔ノ宮はその気持ちに応えてやることはできなかった。

その点、月夜公であれば申し分がなかった。自分達は釣り合っているからだ。

かたや犬神一族の長《おさ》。かたや王妖狐《おうようこ》一族の長。しかも、どちらも同じ大妖で、妖怪奉行でもある。相性が合えば、似合いの夫婦《めおと》になることだろう。

前々からなんとなく気になっていた相手でもあったので、朔ノ宮はなんとはなしに胸が騒いできた。そんな気持ちを炎角に悟られたくなくて、月夜公が来るまで庭を一巡りさせてほしいと頼んだのだ。

だが、炎角の庭はさながら森であった。あれこれ物思いにふけりながら足を進めていくうちに、朔ノ宮はいつしか屋敷がまったく見えないところまで来てしまった。

「おっと、いけない。そろそろ戻ったほうがいいか」

そうして元来た道を引き返そうとした時だ。風向きが変わり、朔ノ宮は涙の匂いを嗅ぎつけた。

誰かが泣いている。しかも、かなり近くでだ。幼い子。一人だ。怪我はしていないが、動揺し、怖がっている。着ているのは極上の絹織物。髪にも香りよい髪油を染みこませている。

瞬時にそこまで嗅ぎとり、朔ノ宮は大またで匂いが流れてくるほうへと歩きだした。泣いている子供を放っておくなど、まずできないことだった。

歩くことしばし。

朔ノ宮は子供の元にたどり着いた。

草むらの中にしゃがみこんで泣きじゃくっていたのは、贅沢《ぜいたく》な身なりをした幼子だった。ぷっくりと太っていて愛らしいが、その色白の頬は涙で汚れ、口も鼻の下もよだれと鼻水でびしょびしょだ。

親の姿も気配も匂いもなく、たった一人で泣いているところを見ると、やはり迷子なのだろう。

朔ノ宮はすぐさま近づき、子供を抱きあげた。子供はその見た目通り、まるで大福餅のようなむっちりとした抱き心地で、朔ノ宮は思わず目を細めた。

「ほれほれ、どうした？　どこの子だ？」

朔ノ宮としてはかなり優しく声をかけたつもりだった。

だが、いきなり知らない相手に抱きあげられたので、子供はびっくりしてしまったのだろう。さらに火がついたように泣きだした。

「ああああん！　お、お、じぃ！　おじぃ！」

「おじぃ？　祖父とはぐれたのか？　ああ、ほらほら。泣くな」

子供の頭を撫でてやったところ、ぽこんと、二つのこぶのようなものに触れた。

たぶん、これから角がはえてくるのだろう。ということは、この子は鬼なのだろうか？

だが、それにしては嗅ぎ慣れない匂いがする。

もっとよく知るために、朔ノ宮は腕の中の子供に鼻を近づけ、深く息を吸いこんだ。

とたん、様々なことが奔流のように朔ノ宮の頭に流れこんできた。

まず驚いたのは、子供の体にいくつもの封印がほどこされていることだった。どれも非常に念入りに編み上げられた封印で、強固なものばかり。が、恐ろしいことに、すでに緩み、ほころびかけているものもある。

それが意味することを、朔ノ宮はすぐに悟った。

「この子は……妖気違《たが》えなのか」

種族の違う両親から、まれに生まれてくる妖気違えの子。長生きはできないと言われている。決して相容れぬ二つの妖気を生まれ持ち、それが体の中で常にぶつかりあい、命を削っていくからだ。

この子にほどこされた封印は、それを食いとめるためのものに違いない。

封印に残された残り香から、朔ノ宮は術者の姿を思い浮かべた。

子供とよく似た匂いがするから、血のつながりの濃い身内だろう。子供のことをとても大切にし、とにかく守ろうとしている。だが、その想いが強すぎて、心がかたくなになってしまっている。

「……妖力は信じられないほど強いが、これでは……こんな不器用なやつは会ったことがない。守るために、子供を永遠に屋敷に閉じこめておきたいと思っているな。いったい、どんなやつなのだ？」

これではがんじがらめに縛りつけているのと同じだ。子供のほうもさぞ息苦しいことだろう。

さらに、子供の想いも読みとることができた。

子供はとにかく怯えていた。

どうしよう。屋敷にいなくちゃいけなかったのに。でも、寂しくて、どうしても置いていかれたくなくて……。だから、こっそりあとをついていくことにしたけど、でも、でも、ちょっと目を離したら、見えなくなった。捜したけど、見つからなくて、屋敷に戻ることもできなくて。ああ、怖い怖い！　言いつけを破った悪い子は、きっと怒られる。きっと嫌われる。それはいや！　いやいやいや！

子供の気持ちは、言葉よりもずっと鮮明に朔ノ宮に伝わってきた。

かわいいことだと、微笑みながら、朔ノ宮は子供に言った。

「大丈夫だ。嫌われることはないと思うぞ」

「う？」

「そうだ。そなたがどうしてここにいたか、もう私にはわかっている。屋敷を抜けだしたことは叱られるかもしれないが、嫌われることはまずないだろう」

なにしろ、この子が追いかけていったのは、この子に封印をほどこした術者なのだから。こんな細やかで手のかかる封印をほどこし、守るために子供を屋敷に閉じこめておきたいとさえ望むあやかしが、この子を嫌うはずがない。

「さ、もう泣きやめ。私が屋敷まで連れて行ってやろう。なに。そなたの匂いをたどるだけだ。早く帰ることができれば、そなたが言いつけを破ったことも気づかれないかもしれないぞ」

幼くとも、朔ノ宮が自分を助けようとしていることを理解したのだろう。子供はひぐひぐと喉を鳴らしながらも、泣くのをやめた。

同時に、今度は朔ノ宮に興味を持ったようだ。朔ノ宮の艶やかな黒い鼻をつまもうと、手を伸ばしてきた。

朔ノ宮は笑いながら、その手をよけた。

「こらこら。鼻に触るな。犬神の鼻を触るのは、無礼の極みなのだぞ」

「う?」

「やってはいけないということだ。犬神の中には、気の荒いものもいるからな。そうしたものが相手だと、たちまち手を食い千切られてしまうぞ。ほら、見るがいい。私達の牙はこんなにも鋭いのだ」

朔ノ宮はぱっくりと口を開けて、その鋭い牙を剝き出しにして子供に見せてやった。

子供が目を丸くしたまさにその時だった。

ずんと、大気が変わった。恐れと焦りと不安の匂いが、ぶわっと立ちこめたのだ。

その激しさにうろたえる朔ノ宮の前に、木立をなぎ払うような勢いで、一人の男のあやかしが姿を現した。

息をのむような美貌と、研ぎ澄ましたかのような鋭い妖気の持ち主だった。だが、大切なものを失ってしまったのではないかと、ひどく怯え、焦っている。その証拠に顔色は蒼白で、目は血走っている。

落ちつかない様子でうねる三本の太い尾と、顔につけた半割の般若面から、朔ノ宮は相手の正体を知った。

「そなた……月夜公か」

まさか、この妖気違えの子の守護者が月夜公だったとは。

「ちょうどよかった。私は……」

「津弓《つゆみ》に何をするか、貴様ぁぁぁぁ！」

朔ノ宮に名乗らせもせず、月夜公が吼えた。

轟《とどろ》くような絶叫と、剝き出しの刃のような敵意を向けられ、朔ノ宮は衝撃でよろめいた。今までそんなものを叩きつけられたことはなく、どうしたらいいのかわからないほど混乱した。

「あああ、おじぃぃぃぃぃ！」

男の剣幕《けんまく》におののいたのか、子供がふたたび泣きだし、朔ノ宮の腕の中でじたばた暴れだした。

落としては大変だと、朔ノ宮は思わず腕に力をこめた。その姿は、端から見ればいやがっている子供を押さえつけているように見えたことだろう。

あ、これはまずかったと、朔ノ宮が思った時にはもう遅かった。今度は物も言わず、月夜公が襲いかかってきたのだ。

朔ノ宮は体をひねるようにして、身をのけぞらせた。

間一髪だった。あと少し遅れていたら、首をもぎとられていただろう。それでも無傷とはいかず、髪を一房、引き千切られた。

ここに来て、朔ノ宮は完全に頭にきてしまった。犬神のように鼻が利かないのはしかたないとしても、ここまで逆上していきなり飛びかかってくるなど、許せることではない。すぐにでもやり返してやりたい。

だが、腕の中にはまだ子供がいる。

どうしたものかと思っていると、月夜公がわめきたててきた。

「貴様！　津弓を放せ！」

「黙れ、狐！　今、おろしたら、今度こそ私に襲いかかってくるつもりだろう？　そうなったら、私も本気で戦うぞ」

「吾《われ》を東の地宮の月夜公とわかった上で、戦うと言うのか？　良い度胸をしているではないか！」

「私は朔ノ宮。西の天宮の奉行だ。私も大妖と呼ばれるものだと、まだわからないのか、貴様！」

「西の……」

朔ノ宮の名乗りに、月夜公は少し我に返ったようだった。

「そうだ。我らがやりあえば、それこそこの子が巻き添えを食うぞ。それでもいいと言うのか！」

「しかし、貴様は津弓を……」

「愚か者！　この子は迷子になっていて、私がここで見つけたのだ。私が屋敷から連れ出したわけでも、傷つけて泣かしたわけでもないわ！」

いらいらしながら怒鳴り返したあと、朔ノ宮は子供をゆっくりとおろした。

「ぼうや。あの大馬鹿者のところにお戻り。そして、自分がどうしてここに来たか、話してやっておくれ。このままだと、私達はこのあたり一帯を焼け野原にしてしまいそうだからな」

子供はこくりとうなずき、大きな目に涙をためながら月夜公のほうへと駆け寄っていった。

朔ノ宮を睨みながら、月夜公は子供を抱きあげ、しっかりと抱きしめた。

「津弓!」

「おじぃ! ごめ、ごめちゃ!」

「怪我は? 大丈夫か?」

「ないの。ないないの。ごめちゃぁ、おじぃ! つ、つゆ、うわ、あああん。ごめちゃぁ、おじぃ!」

わんわん泣く子供が何を言っているのか、朔ノ宮にはさっぱりだった。だが、月夜公にはわかったらしい。

「そう、であったか……津弓、いや、もう泣かずともよい。こうして無事であったのだから、これ以上は何も言わぬ。ただし、もう当分、屋敷の外には出てはならぬ。よいな」

「きゅぅ……」

悲しげな声をあげてうなだれる子供を大事そうに抱えたまま、月夜公は改めて朔ノ宮に目を向けてきた。その美しい顔にはばつの悪そうな表情が浮かんでいた。

「その……すまなかった。津弓が、甥がいなくなったと知らせがあって、頭の中が真っ白になってしまって……」

「ふん。そのようだな。相手の正体すら見極められないとは、東の地宮の奉行とも思えぬ失態と言えようよ」

嫌味たっぷりに朔ノ宮は言い返した。

髪までむしり取られたのだ。そうそう簡単には許せなかった。

だから、思わず言葉を続けた。

「そんなに甥が大事なら、連れて歩けばいいではないか。かわいそうに。閉じこめてばかりが、その子のためになるとでも？　あきれるばかりだ。そんな考え方をしていては、大事なものなど何一つ守れまい。いずれ、そなたの手から全てこぼれていってしまうだろうよ」

月夜公の表情はぴくりとも変わらなかった。

だが、匂いは違った。

心を引き裂かれるような悲しみ。

かけがえのないものをいくつも失った痛み。

また失ってしまうのではないかという恐れ。

そうした匂いが月夜公からあふれでてきたのだ。

しくじったと、朔ノ宮は後悔した。これは決して言うべきではなかった。自分の言葉は、月夜公の心をどうしようもないほど深くえぐってしまったのだ。

だから、朔ノ宮は決めたのだ。こうなったら、月夜公と徹底的に憎み合ってやろうと。そうすれば、許すことも許されることも必要ない。それに、激しくやりあう相手がいるというのは、月夜公にとってもいい気晴らしになることだろう。

朔ノ宮は慎重に匂いを嗅ぎ、月夜公がもっとも激怒する事柄を探り当てた。

決意を固め、朔ノ宮はわざと嘲《あざけ》った。

「そなたが甥を育てていることは聞いていたが、今の一件でじつに心許ないとわかった。その子は私が引き取るぞ。私の手で立派に育ててやろう。さあ、渡せ」

朔ノ宮の思惑通りとなった。無表情だった月夜公が、目を剝いて怒鳴ってきたのである。

「世迷《よま》い言《ごと》もいい加減にしろ！　こちらがしおらしくしているのをいいことに、何をほざく！　かわいい甥を、誰が犬神なぞに渡すか！」

「ほう？　東の奉行様はひどく物知らずでいらっしゃるようだな。しおらしく、の意味すらわからぬとは。やはり、その子は私が……」

「見るな！　寄るな！　津弓が穢《けが》れるわ！」

「なんだと！」

こうして、朔ノ宮と月夜公の間には決定的な裂け目が生まれたのだ。

「これ。これ、朔ノ宮。一人で何を思い出しておる？　わらわがそばにいるというに、ずいぶんつれないではないか」

王蜜の君の呼びかけに、朔ノ宮は思い出から引き戻された。

「ん？　すまない。少しぼうっとしていた。なにしろ、美辞麗句を並べたてた文というのは、なかなか疲れるものでな。読んでいると、頭の奥が痺れてくるのだ」

「やれやれ、もう少しましなごまかしを言うてほしいものじゃ」

あきれたように言ったあと、ふいに王蜜の君は姿を消した。これはいつものことだ。いきなりやってきては、いきなり去っていく。

じつに猫らしいと、朔ノ宮は苦笑した。

同時に、ふと思った。

ああいう軽やかさ、しなやかさが自分にあれば、月夜公との仲はもう少し違っていただろうか？

「ふん。たわけたことだな」

すぐさま自分を叱りつけた。

ぐじぐじと過去を悔やむのは、自分の気質ではない。そんなことは誇りが許さないし、第一、悔やんだところで何かが変わるわけでもない。

自分達はいがみあう。時には本気で戦い、決着をつけることなく次に持ち越す。それでいい。それでいいのだ。

気持ちを切り替えたところで、朔ノ宮は腰を上げた。もう恋文は読み終わったし、なにより少し小腹が空いてきていた。

「そろそろ、ぽんがおやつをこしらえる頃か」

幼い頃の津弓を思い出したせいか、無性に大福餅が食べたくなっていた。

今日のおやつは大福餅にしてくれと鼓丸《つづみまる》に頼むため、朔ノ宮は庵をあとにした。

親達の夜更かし

さて、話は少し遡《さかのぼ》る。

千吉《せんきち》が双子《ふたご》と共に西《にし》の天宮《てんぐう》に出かけるようになったばかりの頃、小屋に一人残った弥助《やすけ》は時を持て余していた。

一人きりの夜はとても長く感じられた。いつも足元にまとわりつき、ひっきりなしに笑いかけ、しゃべりかけてくる千吉がいないと、どうも落ちつかない。

それに、子供達だけで西の天宮に行かせたことも心配だった。めったなことは起きないだろうが、それでも早く帰ってきてくれないかと、そわそわする。自分の手の届くところに千吉がいないことが、とにかく不安なのだ。

「……千にいも、俺のことをこうやって心配してたんだな」

思わずつぶやいた時だ。

とんとんと、戸が叩かれる音がした。

「千吉？」

まさかもう帰ってきたのかと、弥助は慌てて戸口に飛んでいった。

だが、外に立っていたのは、天音《あまね》と銀音《ぎんね》の父親、久蔵《きゅうぞう》であった。

ちょっとがっかりしたこともあり、弥助はつっけんどんに言った。

「なんだよ、久蔵？　どうかしたか？」

「いや、おまえも子供らのことが心配で、寝てないんじゃないかと思ってさ。どうだい？あの子らが戻ってくるまで、俺と酒でも飲んで、夜更かししないかい？」

そう言いながら、久蔵は手をかかげて、大きな徳利《とっくり》を揺らしてみせた。

「そりゃいいけど……久蔵には初音《はつね》さんがいるじゃないか。どうせなら、初音さんとゆっくり過ごせばいいのに」

「……今、お乳母《うば》さんが来てんだよ」

久蔵は情けない顔をしながらか細い声で言った。初音の乳母、萩乃《はぎの》のことが、久蔵は大の苦手なのだ。

「お乳母さん、いまだに俺のことを初音をたぶらかした悪いやつだと思ってるみたいでさぁ。ねちねち嫌味は言わなくなったけど、俺を見る目がやっぱり怖いんだよ」

「なるほど。で、俺のところに逃げてきたってわけか」

「いちいち言葉にしなくたっていいだろう？　ああ、そうだよ。でも、手ぶらで来たわけじゃなし、少しは歓迎してもらいたいもんだね。そら、さっさと入れてくれ」

ずかずかと入りこんできた久蔵を、弥助は追い返さなかった。本心では、少し嬉しかったのだ。これで千吉が帰ってくるまで、一人きりで過ごさないですむと。

弥助がぬか床から出してきた漬物とゆで卵をつまみに、二人は茶碗で酒を飲み始めた。くいくいと、酒を飲み干す弥助を、久蔵はしみじみとした目で眺めた。

「まさか、おまえとこうして酒を飲むようになるたぁねえ。おまえも大きくなったもんだと、ほんと思うよ」

「そう言う久蔵こそ、ずいぶん変わったじゃないか。今じゃ真面目な亭主で、子煩悩な父親だもんな。昔じゃ考えられない姿だよ」

「ことあるごとに、みんなが口を揃えてそれを言うんだが……そんなに変わったかね、俺？」

「天と地ほどの違いがあるな」

「ふうん。まあ、でもしかたないだろう？　あんなべっぴんの女房をもらって、あんなかわいい娘達を授かったら、誰だって変わるってもんだ」

「……おまえののろけなんか聞きたかないんだけど」

「いいから聞けよ、この野郎。毎朝あの子らを見るたびに、あれ、こんなところにお日様とお月様がいるって、目をこすりそうになるんだよ。ほんと、かわいくってさあ」

「それを言うなら、千吉だってすごいぞ。笑顔を見るたびに、こっちがくらっと来ちまうほどさ」

「千吉は、おまえにしかその笑顔を見せないじゃないか」

「そうさ。俺だけが見られるんだ。うらやましいだろう?」

「……うらやましい。俺もさ、初音と天音と銀音の笑顔、独り占めしたいよぉ」

早くも少し酔っ払いながら、弥助と久蔵はべらべらとしゃべり続けた。それぞれがしゃべりたいことをしゃべるので、話が嚙みあわないこともあったが、そんなことはどうでもよかった。夜、話し相手がいるというのが心地よいのだ。

大徳利が空になりかけてきた頃、久蔵は赤い顔にへらへらと笑みを浮かべながら言った。

「ああ、なんか良い気分だ。うん。時々はこうして二人で酒を飲もうじゃないか。いいだろ、弥助?」

「まあ、千吉や妖怪の子達がいない時なら……」

「よし、決まりだ。これからは俺とおまえは飲み仲間だよ。……それにしても、おまえ、ほんと大きくなったなぁ」

「そりゃ、俺ももう二十歳だからな」

「うんうん。一人前の男ってことだ。……本当なら大家として、嫁になってくれそうな娘を見つけてきてやったほうがいいんだろうけど」

「……やめてくれ」

さっと酔いが醒めて、弥助はうめくように言った。

久蔵も真顔でうなずいた。

「わかってるよ。そんなことしたら、俺が間違いなく千吉に恨まれるからね。下手すりゃ、便所に突き落とされる」

「そんなもんですめばいいけどな」

「……ぶすりと刃物で刺されちまうかね？」

「わからない。けど、やりかねないと思う」

「やっぱりそうだよなぁ。なんたって、あの子は……」

はっとしたように口をつぐみ、久蔵は目を伏せた。

「すまない。悪かった」

「いいんだ。ああ、そうだよ。千吉は千にいそのものさ」

「おまえ……」

久蔵は今度こそ息をのんだ。この六年間、弥助が千弥《せんや》のことを口に出したのは、これが初めてだったからだ。

絶句している久蔵に、弥助は静かに言った。

「千吉がいない時なら……千にいのことを思い出してもいいんじゃないかって、最近思うようになってきたんだ」

「……いいのかい？」

「もちろん、千吉には千にいのことを言うつもりはないよ。だけど、まったく口に出さないことも、千にいに対して悪い気がするんだ。どのみち、千にいを忘れちまうことは絶対できないんだから」

「……おまえも、色々つらいね」

「うん」

こくりとうなずいたあと、弥助は笑った。

「でも、俺は幸せだよ。千吉がいてくれるから」

「……そっか。そうだよな。それに俺もそばにいるしねえ」

「それはあんまりありがたみを感じてない」

「なんだと、この野郎。素直に俺をありがたがれ！　崇《あが》めろ！　敬え！」

「……酔ってんな?」

「そうとも。おまえももっと酔いな。千吉がいない時くらい、羽目を外して、楽になりな! 千さんのこともじゃんじゃん話せばいい。俺が聞いてやる。おっと、酒が切れてるな。待ってろ。今、母屋から持ってくるから」

「いや、俺はもうこれで……」

「うるせえ! 俺は年上で、しかも大家だぞ。その俺がもっと飲めって言ってるんだ。いちいち逆らうな」

ばたばたと、久蔵は騒がしく酒を取りに行った。


その後はなんだかんだと酒が進み、千吉達が戻ってきた頃には、弥助と久蔵はすっかり酔っ払い、この世のものとも思えないような歌を歌いまくっていた。

当然のことながら、翌日はひどい二日酔いとなり、二人はしこたま初音に叱られたのだった。

第2回〈妖怪オリジナルキャラクター〉募集結果発表および選考経過（文庫版）

二〇二一年十二月の『妖怪の子、育てます』刊行を記念して実施いたしました、第2回〈妖怪オリジナルキャラクター〉募集企画ですが、二〇二二年五月末日の締め切りまでに153通の応募をいただきました。東京創元社内での第一次選考の結果、以下の27のキャラクターが最終選考に残りました。

花火鼠《はなひねずみ》の弓月《ゆづき》　火鼠の一種。鼠の種類、大きさは自由自在。入る火の色により毛皮の色が変わる。水をかけられると弱る。火の熱を喰うため、この鼠がいる火は、勢いが弱まりやすい。花火師の近くに多く生育。火から出てしばらくすると見た目が普通の鼠になる。「竹取物語」から月に関係する名前を受け継ぐ。（ひなた様）

一口鬼《ひとくちおに》　家につく妖《あやかし》。基本は小さな男の子の姿だが、見る人の心の持ちようで異なって見えることもある。出来上がった料理を一口ずつ食べる。気がつかないふりをして家に置いておくと幸運をもたらす。（古橋真弓様）

うる　人の涙を飲むのが好き。普段は赤子の涙を舐めている。成人の涙を舐めてあげることでその人の苦しみ、つらさを楽にする（減らす）ことができる。だが、忘れさせること

はできない。（澤口夕紀子様）

百合《ゆり》と黒丸《くろまる》　子熊の妖怪の双子《ふたご》。姉の百合はぼんやりしている。弟の黒丸もぼんやりしていてかわいいのだが、実はかわいこぶってる腹黒い性格。百合は黒丸が腹黒いことに気づいていない。大きさは津弓サイズ。（早坂由宥子様）

えん太　縁側に住みつく小柄な男の子の妖怪。縁側に腰掛けて、人々の生活風景を見るのが好き。特にじいちゃんばあちゃんに寄り添い、一緒に遊ぶのが好き。（柚茶様）

嫌気　むじゃきでかわいい妖怪だが、嫌気が近くにいるとどんなにほめられても嫌なことに聞こえる。ぎゃくに嫌なことを言われるとほめことばに聞こえる。（大森悠生様）

綿坊《わたぼう》　人のそばにいたい妖怪。人の赤子ほどの大きさで、全身白い毛でおおわれている。小さくてつぶらな目が二つあり、手足、耳などはどこにあるか不明。普段は空を、タンポポの綿毛のように飛んでいるが、暗い気持ちの人を見つけると、その人に寄り添い、ふわふわの毛でその気持ちをやわらげる。逆に、さらにその人の暗い気持ちが増すと、すごい力でその原因や人物をはねのけてくれる。（並木悠佳様）

百舌《もず》の宮《みや》　頭と尾は百舌、身体は人間。手にはありとあらゆる声が出せる舌を、大黒帳のように束ねて持っている。そのため、自分の舌を持っている別の舌と入れ替えられ、声を出せる。新しい舌を手に入れる為、鳥の形をした飴細工を懐《ふところ》に入れていて、相手に舐めさせせて形をとり自分の舌のコレクションとする。声が色々出せるが、誰も本当の「百舌の宮」の声を耳にした者はいない。（杉本泰枝様）

呂々《ろろ》　災難をひき起こす妖怪。お茶の中に茶柱ではなく、呂々が立っていると、災難がおとずれてしまう。茶菓子を食べるととてつもない災難が来てしまう（茶菓子が出る→呂々がうれしい→うれしいと災難の大きさが大きくなる）。とても小さい。（のさく様）

影夏《えいなつ》　影の中に住む妖怪。影の中にいるせいで笑い方を忘れてしまった。影夏が影に入るとその影の持ち主は暗い気持ちになってしまう。そしてやることなすことめんどくさいと思ってやる気がなくなる（物も人もめんどくさいと思う）。「立つのもめんどくさくなった……」「しゃべるのもめんどくさい」みたいな。影の中に入ると持ち主の足をつかむ。（のさく様）

イコンシ　見た目はよろいかぶとを着て手足が生えている大根。性別は不明。化けると五十代の男性になる。生まれた理由は、大根を一日二本食べる主《あるじ》を守りたいと強く願ったため。「武士たる者は――」というのが口ぐせ。（名前は「大根武士」を略して並べ替えました）（はすうさぎ様）

わらじい　わらじの妖怪（左の方）。どこかにいる相方（右の方）のわらばあをさがしている。がんこな性格。大きさはわらじと同じ。（栄嶋佐紀様）

おあめ　他の妖怪と契約して、その妖怪の能力の一部を飴にする力を持つ。その飴をなめている間はその妖怪の能力や神通力が使える。（冨永結乃様）

どな兵衛《べえ》　どなべの付喪神《つくもがみ》。このどなべで料理しようとすると、どなべに入れた食べ物はすべてどな兵衛が食べてしまい、なくなってしまうが、どな兵衛が気に入った人が料理すると信じられないくらいおいしくなる。（冨永結乃様）

キンカンの〈柑太《かんた》〉　濃緑のつるつるした葉が両手。ちょんまげは枝と葉。枝にはとげがある。触れるとチクッと痛い。顔がキンカンの実。白い小花をあしらったあおいどてらを着ている。ハチミツが大好き（ばあちゃんが真っ赤な実をハチミツに漬けたシロップは喉にいいんだよお）。白い花はキンカンの花。毛虫が大嫌い（だって葉っぱを食べちゃうんだもん）。独特の苦味があるので、気づくとにがにがしい顔をしている。（隊長様）

火神《かぐら》　火の神。見た目は九歳ぐらいの女の子。明るくて強気で、物おじせずに思ったことをばんばん言う性格。だが水に濡れると性格が変わってしまう!?↓雨《あめ》の宮《みや》（とても気が弱

く泣き虫。少しの言葉でも傷ついてしまう）（林優依様）

風香　風の妖怪。性格はおしとやか。少しいたずら好き（風を吹かせる）。子供の相手が上手い。人間の子供と同じくらいの大きさ。風に吹かれるのが好き。植物が好き（とくに蓮が好き）。よく落ち葉を風で吹き上げて遊ぶ。（K・E様）

筆楽《ふでらく》　筆の妖怪で、イタズラ好き。人間の町に出ては、塀や家の襖《ふすま》に落書きし、酔っ払って寝ている人の顔にも悪戯書きをしてしまう妖怪。筆の墨が無くなると、体が凄く細くなってしまう。（浮田めぐみ様）

回夢《かいむ》　風車《かざぐるま》の妖怪。男の子キャラ。風車の形をしており、祭りの出店の中に紛れて、人を陥れようと目論む。自分を買った客が風車を回した際に、夢の中に連れて行き、永遠に夢の中へ閉じ込めてしまう。子供の夢が大好きで、人の間では神隠しとも言われている。但し、風車は紙で出来ているので水に弱い。夢から覚めるためには、水の中やたらいの中に放り込めば良い。（浮田めぐみ様）

言霊《ことだま》　言霊の妖怪（若い娘の妖怪）。言霊は近くにいる人々が発言した言葉を本当にしてしまう力がある。言霊が発した言葉も、ときどき本当になってしまうことがあるので、口数は少ない。どんなに悪い言葉でも本当にしてしまう（言霊にとってのつらいこと）から、

人があまり近づかないように（不気味にみせるため）頭巾《ずきん》を深くかぶってる。（山本莉子様）

喜怒《きど》こけし 喜こけし。気性は穏やかで色々なことを引きうけてくれる。だいたい失敗する。怒こけし。気性が荒く、たまに協力してくれる。ほぼ失敗しない。（杉村小華様）

あこや姫 あこや貝で、生まれた時から核を持っていて、成長すると普通は体の中に真珠が出来るが、あこや姫の真珠は小さくて七つ七色持っている。色により力が変わる。（とど様）

空目《そらめ》 大切な人やペットを亡くした人の家に寄りつく。悲しみや喪失感を食べる為に目の端、視界ぎりぎりに大切な者の面影を映して見せる。悲しみや喪失感が薄れ、思い出に変わると、次の家を探して出て行く（空目が悲しみや喪失感を食べるから思い出に変わるという意見もある）。影に溶けこむので姿を見た者はほとんどいない。見えても黒い影のみ。（大木早苗様）

キセル爺 永年キセルタバコを好む爺さんに親しまれて付喪神となったもの。タバコの煙が好きだが、イロリやカマドの煙も好き。煙が出ると現れる。リラックスさせる効果がある。（おんた様）

きづな　ケンカやいさかいが嫌いな妖怪。歩き始めた幼い子の姿。ケンカや言い争いをしているところにきづなが現れるとケンカしているのがバカらしくなり、仲直りしてしまう。きづなは小さく力が弱いので、小さな争い事しか取り持つことができないので悩んでおり、早く大きくなりたいと思っている。頭の芽が伸びると体も一緒に成長する。（犬塚日菜様）

ほねこ　ほねのねこ。なにかにあたるとほねがばらばらになる。明るい性格。体長：薪二個分くらい。（ぴろぴろぴろすけ様）

古漬けばあさん　大きな漬物樽に忘れられて妖怪になった、しわくちゃな大根。妖怪の子どもにごはんを作るのが大好き。話が大好き。しかしぬか臭い。（こぼん様）

以上27のキャラクターのなかから廣嶋玲子（作家）、Ｍｉｎｏｒｕ（イラストレーター）の選考委員二名による審査の結果、大賞を決定いたしました。

大賞　言霊

また、各選考委員の個人賞および東京創元社賞も以下のとおり決定いたしました。

廣嶋玲子賞　筆楽
Minoru賞　どな兵衛
東京創元社賞　わらじい

沢山のご応募ありがとうございました。

大賞のキャラクター「言霊」は、二〇二三年刊行予定の『妖怪の子、育てます3』（仮題）に収録される短編に登場いたします。

選考委員の先生方のコメント

●オリジナリティあふれる妖怪たちがこんなにもたくさん集まったことに、まずびっくりしました。みなさんの想像力の豊かさに、「こちらももっとがんばらなくては！」と、すごく刺激を受けました。（廣嶋玲子）

●たくさんのオリジナル妖怪たちを拝見して、見た目が面白そうだったり、設定で物語性を感じるものがあったりで、全ての妖怪たちの物語を見てみたいと思うほどにワクワクしました。（Minoru）

イラスト◎Minoru

著者紹介　神奈川県生まれ。『水妖の森』でジュニア冒険小説大賞を受賞し、2006年にデビュー。主な作品に、〈妖怪の子預かります〉シリーズや〈ふしぎ駄菓子屋 銭天堂〉シリーズ、〈ナルマーン年代記〉三部作、『送り人の娘』、『鳥籠の家』、『銀獣の集い』などがある。

検印
廃止

妖怪の子、育てます2

千吉と双子、修業をする

2022年9月9日　初版

著者　廣《ひろ》　嶋《しま》　玲《れい》　子《こ》

発行所　(株)東京創元社
代表者　渋谷健太郎

162-0814/東京都新宿区新小川町1-5
電話　03·3268·8231-営業部
03·3268·8204-編集部
URL　http://www.tsogen.co.jp
フォレスト・本間製本

乱丁・落丁本は、ご面倒ですが小社までご送付ください。送料小社負担にてお取替えいたします。

ISBN978-4-488-56514-5　C0193